HAYMON taschenbuch 152

Wie schon aus den Namen ersichtlich wird, sind alle Personen dieses Buches fiktiv. Darüber hinaus sind Ähnlichkeiten mit wirklichen Personen oder Ereignissen, selbst dann, wenn sie, wie hier, nicht beabsichtigt sind, in der Regel unvermeidbar. Das liegt in der Natur der Sache.

Vorarlberg unser Land

Gedruckt mit freundlicher Unterstützung durch das Amt der Vorarlberger Landesregierung.

Auflage:
4 3 2

2017 2016 2015 2014

HAYMON tb **152**

Originalausgabe

www.haymonverlag.at

ISBN 978-3-85218-952-9

Umschlaggestaltung:
Eisele Grafik·Design, München
Buchgestaltung, Satz:
hœretzeder grafische gestaltung, Scheffau/Tirol
Umschlagfoto: Herbert Lehmann

Gedruckt auf umweltfreundlichem,
chlor- und säurefrei gebleichtem Papier.

Peter Natter

Die Tote im Cellokasten

Inspektor Ibeles schwärzester Fall

Es scheint, dass die Ereignisse weiter ausgedehnt sind als der Augenblick, in dem sie stattfinden, und diesem nicht gänzlich angehören.
Marcel Proust

In Wirklichkeit waren es ganz erstaunliche Geschöpfe.
Eugen Ruge

An solchen Tagen zitiert man bei sich alle zehn Minuten die Benn-Formel: jenseits von Sieg und Niederlage.
Peter Sloterdijk

Die Blöße, die sich der Idiot gibt, erschreckt wie jede Epiphanie durch Unverständlichkeit.
Botho Strauß

Peter Natter

Die Tote im Cellokasten

Für Sabine

Prolog im Amt

Unmöglich kann es sich um einen Scherz handeln, nicht einmal eine Posse kommt in Frage. Wenn, dann ist es eine Farce. Aber keine, wie sie Chefinspektor Ibele und Hobbyköche seinesgleichen aus der Küche kennen: nichts Feines, Schmackhaftes oder meinetwegen Deftiges, Raffiniertes. Nichts, was knusprige Pasteten oder einen zarten Braten füllen würde. Gerade einmal die Seiten des *Vorarlbergboten* und die kargen Sendeminuten des Lokalfernsehens sind damit notdürftig zu bestücken, auf dem schmalen Grat zwischen Quotengier und Gewinnmaximierung, den man dort tagein, tagaus im Namen des sogenannten Kulturauftrags ungeniert beschreitet. Eigentlich kann es nur ein schlechter Witz sein. Denn, Hand aufs Herz, mit vielem, mit allem hätte und hat Isidor Ibele eher gerechnet als damit: Über Jahre hinweg verschleppte innerparteiliche Beziehungsgeschichten (von deren sittlichen und moralischen Folgen wir lieber schweigen), grenzwertige Grundstücksgeschäfte am Rhein, die völlig unpolitisch agierenden Überwinder lokaler Ferienhaus- und Zweitwohnsitz-Baugesetze oder die kleinkriminellen Betrügereien im Bereich der kriselnden Landessportförderung – all das hätte das etwas angeschlagene, aber im Großen und Ganzen stabile Weltbild des Inspektors nicht aus dem Gleichgewicht gebracht. So aber, wie es ihm der Chef, der seiner bevorstehenden Pensionierung harrende General, und die Sekretärin, das ist Antoinette Hagen in all ihrer Pracht und Herrlichkeit, und vor allem die Schlag auf Schlag aus dem Bregenzerwald eintreffenden Berichte nun unausweichlich präsentieren – nein: So hat sich Ibele das nicht vorgestellt. Das Wochenende nicht und gar nichts. Daran ändert vorläufig auch der Duft nach Provence und Mittelmeer wenig, der mit Antoinette Hagen aus dem Vorzimmer hereinweht, und auch nicht das dazu passende spätsommerlich farbenfrohe Outfit der jungen Dame, das überhaupt ein eigenes Kapitel ist und hier jetzt leider gar nichts verloren hat. Oder doch; obwohl fast im gleichen Atemzug eine Tote zu beklagen ist. Antoinette Hagen aus Lustenau mit ihren unverbrauchten zwanzig Lenzen, die der General – um damit wem auch immer einen Gefallen zu tun – vor zwei Jahren in ihrer ungebremsten postpubertären Girly-Blüte im Vorzimmer des Chefinspektors installiert hat. Mit Schrecken erinnert sich Ibele noch manchmal an minimale Röckchen und knappe Hemdchen, an stelzenhafte Absätze und coole Lover; nicht zu vergessen Antoinettes mit der Stabilität einer Seifenblase ausgestattetes Selbstbewusstsein und ihre alle Bildungsbemühungen ad absurdum führende Rechtschreibung. Seither ist viel Wasser in den Bodensee geflossen. Mit Hilfe eines ebenso reichen wie kulturbeflissenen Onkels – eines wohlhabenden Textilfabrikanten – hat Antoinette ihren Kopf gerettet, den Kopf, die Seele und erfreulicherweise auch den prächtigen Leib, um den es einem vielleicht am vordergründigsten, sicher auch am offensichtlichsten hätte leidtun können. Sie hat sich zu einer starken jungen Frau entwickelt, der niemand etwas vormachen muss – und kann.

Eine Tote ist zu beklagen. Wenn es nur ums Beklagen ginge! Doch zuerst will sie identifiziert werden. Auch wenn ihr selbst alles Wollen definitiv abhanden gekommen ist.

Freitag, 6. September 2013

I.

Dem von innen unerreichbaren Außen entspricht das von außen unerreichbare Innen.
Michel de Montaigne

Endlich ist es Nacht geworden in Schwarzenberg, dunkle, stille Nacht. Alles schläft. Lange genug hat es heute gedauert. Zum einen sind die eleganten Schubertianer noch Stunden nach dem abendlichen Konzert in den Gaststuben der Wirtshäuser gesessen und haben sich, Flasche um Flasche teure Weine trinkend, erregt über die Interpretation der Mozart-, Haydn- und Schubert-Streichquartette unterhalten, oder war es *Die schöne Müllerin* in einer bahnbrechenden Darbietung? Sie haben im *Adler*, im *Hirschen*, in der *Krone* und im *Ochsen* die lukullischen Kostbarkeiten der Schwarzenberger Spitzengastronomen genossen und sich über das nächstjährige Programm unnötig den Kopf zerbrochen. Unnötig, weil sich der Maestro nicht dreinreden lässt und vielleicht sowieso bald alles hinschmeißt, wenn es nicht endlich gelingt, die dörfliche Bauernschaft zur Vernunft zu bringen. Den Rest hat der Nacht nämlich schlussendlich das Fest gegeben, mit dem alljährlich der lange Alpsommer sein Ende findet; ein Fest, das sich neben der gediegenen Gesellschaft der internationalen Musikfreunde polternd und lärmend rund um den malerischen Dorfplatz abspielt. Gestern erst sind die Senner, Hirten und Knechte nach einem langen Sommer fern der Menschen und ihrer zivilisatorischen Errungenschaften mit dem Vieh von den Hochalpen heruntergekommen. Da war heute kein Halten und fast kein Aufhören mehr zu finden im allgemeinen Erzählen, Schmausen, Tanzen und erst recht nicht im Trinken. Schließlich sind sie doch satt geworden und müde, oder von einer wenn schon nicht Angebeteten, so doch Angesabberten erhört und abgeschleppt. Nach und nach haben sie in diversen Scheunen und Kammern Unterschlupf und Quartier gefunden. Jetzt ist es mucksmäuschenstill im Dorf. Vom Kirchturm erklingen soeben zuerst vier helle und dann drei dunkle Schläge. Als sie verklungen sind, ist die Stille noch stiller, die Nacht noch dunkler und der letzte einsame Waldgänger noch einsamer.

Keine zwei Stunden wird es dauern, dann erwacht das Leben im Dorf von Neuem; in der örtlichen Backstube zuerst, dann in den zahlreichen Kuh-, Hühner- und Ziegenställen, in der Dorfsennerei und den Küchen. Für den, der ungesehen und ungehört agieren will, ist jetzt die richtige Zeit. Für den oder für die. Es scheint einigen Bedarf an solchem Tun zu geben. Klamm und heimlich geht es zu, wo scheinbar Nachtruhe herrscht. Im Konzertsaal, einen Steinwurf von der Kirche entfernt, dürfte jetzt eigentlich niemand mehr sein. Er trägt den Namen der berühmtesten, allerdings quasi illegitimen Tochter des kleinen und umso stolzeren Dorfes; einer Barock-Malerin, deren Vater aus dem Dorf stammte. In London und Rom lebend, war sie ein paar Wochen zu Besuch und hat sich mit einigen Gemälden in der Pfarrkirche verewigt. Auch der Gigant Goethe ließ einst im Taumel seiner italienischen Reise ein paar gönnerhafte Bemerkungen über die weltgewandte Künstlerin fallen.

Niemand dürfte hier im Angelika-Kauffmann-Saal sein, aber jemand ist es doch. In der winzigen Künstlergarderobe flackert unruhig das Licht einer Kerze und wirft dunkle Schatten auf die hell getäfelten Wände. Eine junge Frau, eine wunderschöne junge Frau, sitzt dort auf einem hölzernen Schemel. Eben schickt sie sich an, mitten in die Lautlosigkeit hinein mit grazilen Bewegungen die Saiten eines Cellos zum Klingen zu bringen. So gespenstisch wie harmonisch ertönt eine einfache Melodie, etwas verspielt Tänzerisches und zugleich klagend Elegisches. Das dunkelbraune Instrument fest zwischen die Knie gepresst, den Kopf leicht schräg haltend, die Augen geschlossen, den Mund mit den vollen kirschroten Lippen halb geöffnet, die Zungenspitze sichtbar, die langen Haare zu einem dicken Zopf geflochten. Über ihre Kleidung ist nichts zu sagen. Sie trägt keine. Sie spielt so nackt, wie Gott sie schuf. Doch nicht nur Gott, zumindest nicht der sogenannte liebe Gott, sondern auch andere Hände waren am Werk.

Wer so spielt wie sie, braucht keine Zuhörer, will keine Zuhörer. Dennoch gibt es einen. Es ist ein vierschrötiger, bärtiger Kerl. Seit einiger Zeit schon schleicht er um das Gebäude herum. Endlich findet er, wonach er sucht. In einem der Räume im Erdgeschoß ist das Fenster nicht ganz geschlossen, lediglich angelehnt. Mit wenigen Handgriffen hat er es lautlos geöffnet und steigt ein. Er ist im Kartenbüro gelandet, sieht sich um, lauscht. Keinen Deut interessieren ihn die hier lagernden Schätze: Konzertkarten noch und nöcher für die in den kommenden Tagen anstehenden musikalischen Leckerbissen. Zwei Stockwerke und etliche lange Gänge trennen ihn von seinem Ziel. Obwohl es streng genommen nicht richtig ist, von einem Ziel zu sprechen; der da hat kein Ziel. Nur ein dumpfes Gefühl, dass hier etwas Brauchbares zu holen oder etwas Fälliges zu erledigen sei, treibt ihn weiter. Brauchbar, wenn es darum geht, die Stimmen in ihm verstummen zu lassen, den nagenden, wortlosen Zorn zu besänftigen, der ihn verzehrt, die Fratzen und Gesichter zu bannen, die seiner spotten bei Tag und Nacht. Stimmen, die schon seit Langem keine Ruhe mehr geben. Hierher haben sie ihn geführt, ohne dass er zu sagen wüsste, weshalb. In dieses Haus, wo all die verrückten Touristen aus ganz Europa, Amerika und Asien aufmarschieren, um das ihm selbst völlig fremd Bleibende zu erleben. Die betuchten Konzertbesucher, die Sänger und Musiker kommen aus einer Welt, die ihm in jeder Hinsicht verschlossen ist. Wäre da nicht diese ferne Musik, der er jetzt folgt, ohne zu wissen warum – er wäre völlig verloren. Nie zuvor hat er einen Fuß über die Schwelle des Gebäudes gesetzt, nicht einmal zu einem der Bälle, zu den Käseprämierungen und Blasmusik-Aufmärschen, die hier manchmal stattfinden. Erstens sagt ihm das Zeug nichts und zweitens ist das hier nicht sein Dorf. Was ihn antreibt, ist seine Gemeinheit. Sie ist sein wahres Erbe und sein Kapital. Woher zum Teufel kommt diese Musik? Woher kommen diese Melodien, die sein zerstörtes Denken noch mehr aufwiegeln und seinen irren Willen noch mehr von der Welt abschneiden?

II.

Die Hyäne folgt dem Löwen.
Iwan Bunin

Längst ist das Violoncello zwischen ihren Knien lebendig geworden, ist es der Geliebte, den sie wiegt und der sie verzaubert. So gut wie vergessen ist der Besitzer, ein gutmütig-schussliger Kerl, der es ihr überlassen hat, ohne dass ihr je wirklich klar geworden wäre, was er von ihrem Spiel hält, was sich hinter seiner Großzügigkeit womöglich noch verbirgt. Vergessen sind der Impresario und das nichts als selbstzerstörerische Schauspiel, das sie ihm noch vorgestern geliefert hat. Es ist genug. Mehr wird sie ihm nicht gewähren. Er muss sich entscheiden. Höchstens eine vage Gedächtnisspur führt noch zum Doktor draußen im Tal; und selbst die ist überlagert von den zarten Klängen einer meisterlich vom Blatt gespielten Etüde. Sie braucht ihn nicht mehr. Auch wenn das hier in wenigen Tagen vorüber ist, braucht sie ihn nicht mehr, sein Geld nicht und nicht sein Skalpell; den misstrauischen alten Schweden und seine eifersüchtige Frau genauso wenig. Sie können ihr gestohlen bleiben. Am wenigsten aber braucht sie den angeberischen, kaltschnäuzigen Schlaumeier, der meint, so ganz besonders raffiniert zu sein. Als wäre seine mickrige Schwarzgeldkasse etwas, worauf sie angewiesen ist! Viel näher als all die Realität um sie herum sind ihr im Augenblick die Noten, die irgendein Justus Johann Friedrich vor bald zweihundert Jahren aufs Papier gekritzelt hat. So nahe, dass sie eins wird damit, ist ihr der Bogen, mit dem sie über die Saiten streicht, ist das warme Holz an der nackten Haut ihrer wohlgeformten Schenkel.

Eine Stehlampe mit dunkelgrünem Schirm erhellt die Noten und taucht die kleine Kammer in sanftes Licht. Die Kerze flackert im kaum merklichen Luftzug, der einzelne Haare ins Gesicht der Spielerin weht, als sich Millimeter für Millimeter die schwere Tür hinter ihr öffnet. *Espressivo* steht auf dem Notenblatt, dann *allegro energico*. Sie nimmt das ernst, so ernst, dass sie den Schatten nicht wahrnimmt, der sich langsam über sie legt. Noch einmal hält er inne, wie um all die sphärische, himmlische Energie der Musik in sich aufzunehmen und sie umzuwandeln in ihr satanisches Gegenstück. Das folgende *andante amoroso* zu spielen, ist der Künstlerin nicht mehr vergönnt. Der Druck zweier Hände um den Hals schnürt ihr die Luft ab; mehr instinktiv als entschlossen greifen ihre Finger danach und krallen sich in das schwielige Fleisch. Es ist aus. Die Tote sackt schwer in sich zusammen, kommt quer über dem Cellokasten zu liegen. Der Mörder fängt das zu Boden gleitende Instrument auf, nimmt den Bogen an sich und verschwindet lautlos. Für sein schönes Opfer hat er keinen Blick übrig.

III.

Das allseits mit großer Ungeduld erwartete Solokonzert um elf Uhr muss selbstverständlich abgesagt werden. Altmeister Kunrich Kahn wird nicht spielen. Eine Katastrophe! Haben gestern die Älper mit ihrem Vieh für den Ausfall einer Matinee gesorgt, ist es heute schon wieder so weit. Eine echte Katastrophe! Aber ohne Cello gibt es keine Cello-Sonaten, und auf einer Leiche kann niemand spielen. Wenigstens kein Konzert. Wirklich nicht. Fassungslos und schwer atmend starrt der berühmte Cellist in seinen Cellokasten, rauft sich den schütteren Bart. Kein Cello im Kasten, dafür eine Leiche. Der wie aus dem Nichts an seiner Seite aufgetauchte Impresario tobt, dass es sich gewaschen hat. Telefonisch und mit groben Worten beutelt er den Bürgermeister wie einen Schulbuben. *Dieser elende Saftladen hier! Dieses vermaledeite Kuhdorf! Ich habe es euch gesagt, habe es euch immer gesagt!* Rumpelstilzchen ist nichts dagegen. *Nicht genug damit, dass während der Konzerte draußen das blöde Vieh muht und scheißt; nun haben wir den Mist auch noch hier herinnen!* Eh klar, dass in den Augen des Festivalgründers wieder einmal die desolate Hotelsituation im Dorf nebst dem pathologischen Unverständnis der Bauern die Schuld an der Misere trägt! Dieser etwas ungerechte und kurzsichtige Vorwurf wiederum kommt unverzüglich dem Hirschenwirt zu Ohren. Der kennt die Litanei, kann mit ihr aber naturgemäß wenig anfangen; umso saurer stößt sie ihm auf. Seit Jahren nämlich tut er, was irgendwie machbar ist, unterstützt von besten Zigarren, altem Cognac und einer couragierten Direktrice, um sein einst sogar von Mörike und dem einen oder anderen bayrischen König heimgesuchtes

Haus auf kosmopolitisches Niveau zu heben. Jüngst hat er es unter Einbeziehung der bregenzerwälderischen Kreativ-Elite ganz unverkrampft zum Kunsthotel emporstilisiert. Dem Impresario ist das zu wenig, wenn nicht gar ein weiterer Dorn im Auge. Unerbittlich und hartnäckig fordert er dazu auf, endlich ein ordentliches, ein richtiges Hotel auf eine der zahlreichen Wiesen des Dorfes zu stellen, statt sinnlos mit riesigen Traktoren darauf herumzukurven und stinkende Gülle zu verspritzen. Regelmäßig droht er mit der Abwanderung seiner prestigeträchtigen und für die Gastronomie der Region unverzichtbaren Veranstaltung. Das ist allerdings starker Tobak und ein Druckmittel erster Güte. Denn etliche führende Häuser, Hotels und Restaurants, verdanken den Schubertianern mehr als viel. Aber nicht einmal die gelegentliche halbherzige Intervention des Landeshauptmannes kann etwas ausrichten gegen die bäurische Wettermännchen-Logik der mit schweren Holzschuhen aufmarschierenden Landwirtsfraktion. Wie auch!

Gäbe es in diesem verkommenen Kaff ein richtiges Hotel, zetert der Impresario cholerisch, *könnte so etwas nicht passieren*. Dann hätte der Künstler seinen Kasten samt unbezahlbarem Instrument nach der gestrigen nächtlichen Probe nicht in der Künstlergarderobe des Konzertsaals gelassen, *um ihn nicht noch eine Nacht der zugigen Bude aussetzen zu müssen*. Weniger sachlich lässt sich kaum mehr argumentieren. Außerdem entspricht die Argumentation nicht der wahren Motivlage des Meisters. Die ist nämlich um einiges egoistischer, außerdem nicht unbedingt künstlerischer, wenn auch im weiteren Sinne ästhetischer Natur. Aber ein Sündenbock muss natürlich gefunden werden und wenigstens dabei herrscht allgemein kein Mangel an Phantasie und Entschlossenheit. Wäre der Hirschenwirt einer, der nach schnellen und billigen Lösungen sucht, sein Blick auf Herrn Nadirer, den Impresario, müsste sich schleunigst und umfassend verändern! Er ist es nicht.

Unbestreitbar wäre einiges anders gelaufen heute Nacht, hätte der Maestro das teure Stück nicht aus der Hand gegeben. Wieso hat er das eigentlich getan? Denn jetzt ist das Cello fort und an seiner statt liegt eine Tote. Nicht gerade im, aber quer über dem weit geöffneten, schwarz lackierten Cellokasten, dessen mit weißer Seide ausgeschlagenes Inneres von wenigen roten Blutstropfen wie ein Sternenhimmel übersät ist. Das Cello: Ein von der Nationalbank gesponsertes Instrument von Jakob Stainer aus dem Jahr 1650. Auf ihm hat bereits der unschlagbare Heinrich Ignaz Franz Biber von Bibern – so hat man vor ein paar Jahrhunderten noch geheißen – gespielt, dessen Mysteriensonaten, auch Rosenkranzsonaten genannt, heute in einer Cello-Bearbeitung hätten aufgeführt werden sollen. Daraus wird nichts. Eher aus Rosenkranzbeten. Darin hat man auch mehr Übung hierzulande. Die Tote ihrerseits: jung, schön, nackt, fremd.

Wo also liegt das Problem, wo der Skandal? Für die einen im verschwundenen Cello mit seinem mindestens sechsstelligen Versicherungswert; für die anderen in der Toten selbst. Nicht unbedingt in der Toten schlechthin. Gestorben wird immer und zum Tod – wie zu allem religiös Besetzten – hat man in der Gegend ein recht auf- oder zumindest abgeklärtes, ein animalisch-archaisches, sprich ein katholisch-verqueres Verhältnis. Eine solche Tote passt jedoch gar nicht in die Idylle von Musik und Landpartie, die dem aus aller Welt angereisten Festspielpublikum suggeriert werden soll. Erstens präsentiert sie sich so, wie der liebe Gott sie erschaffen hat, allerdings, wenn man näher hinschaut, unter nicht unbeträchtlicher Mithilfe chirurgischer Nachbesserung, und zweitens nimmt sie einen Platz ein, der für sie weder vom einen noch vom anderen Demiurgen vorgesehen war, sollte man meinen.

Der Chefinspektor aus der Stadt, Isidor Ibele aus Bregenz, müsste jeden Augenblick eintreffen. Noch halten die Dorfpolizisten tapfer die Stellung. Wohl zumute ist ihnen nicht dabei. Dann schon lieber eine Wirtshausrauferei schlichten oder einen gestohlenen Heuladewagen suchen, heimtückisch versetzte Grenzsteine protokollieren oder entlaufene Zuchtbullen einfangen, aber nur mit Unterstützung schwer bewaffneter Spezialeinsatzkräfte. Das hier, oder doch eher: *die* hier, ist ihnen nicht geheuer. Nackt und tot und so betörend schön, dass man es selbst als Landpolizist direkt spürt. Ein bisschen viel auf einmal für die beiden wackeren Ordnungshüter.

IV.

Der ethische Primat des Morgens: dann entscheiden wir, ob wir das Programm wiederaufnehmen.
Peter Sloterdijk

Mit dem unwiderstehlichen Geruch des frisch aufgebrühten Kaffees dringt das Klingeln seines Mobiltelefons in Ibeles schlaftrunkenes, noch mit ganz anderem beschäftigtes Gehirn. Das von den recht bunt gemischten Reizen erzeugte Traumbild formt sich zu einem Trompete blasenden Meinl-Mohr samt Kaffeetasse, aus der er steigt wie eine burleske Varieté-Tänzerin aus dem Martini-Glas. Das ist mehr als genug, um Isidor und den Inspektor gleichzeitig mit einem Satz aus dem Bett springen zu lassen, was nicht so selbstverständlich ist, wie man denken mag. Der Kaffeeduft ruft Isidor in die Küche, wo seine Frau bereits zugange ist; das Telefon hingegen ruft den Inspektor ins Kommando. Es ist Freitagmorgen, der sechste September, gerade einmal Viertel vor sieben. Die beste Zeit für richtig guten Kaffee und Rösles Guten-Morgen-Kuss; keine gute Zeit für einen dienstlichen Anruf. Rösles Kuss und Kaffee halten, was der Morgen verspricht. Leider wird auch der Rest den Erwartungen gerecht: Es pressiert! Man braucht den Inspektor dringend. Mordalarm in Schwarzenberg. Jahrzehntelange tägliche Übung ist die Grundlage für die Ruhe, mit der Ibeles nun der äußeren Unbill zum Trotz frühstücken. Ein Amalgam aus Gelassenheit und Konzentration, bei dem jeder Handgriff sitzt. Ohne dass etwas in bloßer Routine erstarren würde, verschafft sich die Gewohnheit ihr Recht. Man gibt der Welt, was der Welt gehört und sich selbst, was man braucht. Alles hat seine Zeit. Der schwarze Kaffee, die Buttersemmel und das Vier-Minuten-Ei ebenso wie Rösles nicht gänzlich ironiefreie Kommentare zu Isidors letztlich unfreiwillig überstürztem Aufbruch. Rösle, eigentlich Rosalia, kann sich das, wie so manch anderes, erlauben. Sie macht es wett, mehr als wett, mit der Nonchalance und dem Engagement der geborenen Gastwirtstochter, einbetoniert im unerschütterlichen Wissen um ihren Platz in der Welt. Diese ermöglichen ihr, immer wieder Grenzen zu überschreiten, ohne sie deswegen gleich abzuschaffen.

„Immer pressiert es bei euch am meisten, wenn es nicht mehr pressiert. Möchtest du nicht einmal vor der bösen Tat am Mordschauplatz eintreffen?" So direkt kann das Rösle Ibeles Freude an der in den starken, heißen Kaffee getunkten Semmel unterwandern.

„Als ob es je darauf angekommen wäre, was ich möchte, Liebling. Doch das weißt du besser als alle anderen, oder?" Man schenkt sich hier nichts, wenn es darum geht, Ironie zu zelebrieren. Isidor erspart sie seiner Frau so wenig, wie er deshalb einen Grund sieht, auf den innigen Abschiedskuss zu verzichten.

Von der Pfarrkirche herüber ertönt der Viertelstundenschlag. Der Inspektor macht sich auf den Weg in die Bahnhofstraße. Zehn Minuten später sitzt er an seinem Schreibtisch. Kollege Baldreich steht vor ihm, fertig adjustiert zur Ausfahrt, in einem tadellosen zivilen Aufzug. Vielleicht eine Spur sportlicher, als man ihn in Erinnerung hat. Entspannt und leger, frisch rasiert und munter, bereit für die Fahrt in den Bregenzerwald. Überhaupt hat sich Inspektor Baldreich schnell eingelebt in seiner Vorarlberger Wahlheimat, *integriert* nennt sich das heutzutage. Es fällt ihm natürlich umso leichter, als seine Frau nun ebenfalls ihre Tiroler Heimat verlassen hat, um Vorarlberger Kindern

Lesen, Rechnen und Schreiben nebst einigen sozialen Basisqualifikationen wie Gewaltfreiheit und Respekt vor Andersgläubigen beizubringen. *Meine Gebieterin* nennt Baldreich seine Regina nicht nur ob ihres sprechenden Namens liebevoll. Neben Baldreich trippelt der General wie ein nervöses Rennpferd hin und her, ein paar halb zerknüllte Blätter Papier in der Rechten, sein piepsendes Telefon in der Linken. Auch er ist fertig adjustiert, aber wofür? Wozu hat er sich in dieses martialische Kampfdress geworfen; mit derben Schnürstiefeln, einem erdfarbenen Overall und einem breiten Gürtel, an dem ein monströses Messer, eine Pistole und sogar ein tarnnetzbewehrter Stahlhelm baumeln? Wird er nach Afghanistan abkommandiert? Nein, er ist zum großen Bundesheer-Manöver ins hinterste Montafon geladen, zu dem ihn in Kürze ein Helikopter abholen soll. Knapp vier Monate vor seiner Pensionierung per Jahresende muss das eines der letzten Highlights seiner Karriere werden und vor allem ein mediales Feuerwerk erster Klasse.

„Ich habe den Schubertiade-Boss in der Leitung, Ibele, was soll ich ihm denn sagen?", mault er mehr hilflos als drohend.

„Sagen Sie ihm, wir sind schon unterwegs", erwidert Ibele lakonisch.

„Mein Gott, *unterwegs*, Ibele, der macht mir die Hölle heiß. Er will wissen, wo du bleibst und wo das Cello ist. Die Versicherer sind schon vor Ort!"

„Wir sind von der Mordkommission, General, nicht von der Musikalienhandlung. Wenn die Herren Versicherer nur überall so entschlussfreudig und schnell wären! In einer Stunde kann er mit uns rechnen, bis dahin soll er nur ja nichts angreifen, auch wenn er sich gern die Finger verbrennt, sagen Sie ihm das."

„He, Ibele, bleib am Boden! Der hat's schon so nicht leicht. Soll ich dir einen Hubschrauber einfliegen lassen?“ Einer, der am Boden bleiben soll, braucht keinen Hubschrauber und einer, der einen Hubschrauber braucht, hebt leicht ab. Abheben aber ist leichter als landen, manchmal sogar leichter, als am Boden zu bleiben.

„Sicher nicht, mon Général, da hinein schaffen wir es selbst. Und lieber gehe ich zu Fuß, als in eine solche Kiste zu klettern. Adieu, mon Capitaine.“ Ibele zwinkert Baldreich ob des Dienstgradkarussels schelmisch zu, gibt dem General förmlich die Hand, schlägt sogar die Absätze zusammen und salutiert im Stil des alten Kaisers Franz Joseph. Dann wendet er sich ohne weitere Umstände an Antoinette Hagen, während der hohe Herr in beinahe weinerlichem Ton sein Gespräch mit dem berserkernden Impresario zu beenden versucht, was in denkbar komischem Gegensatz zu seiner kriegerischen Gewandung steht. Ibele übergibt seiner Sekretärin einen Zettel mit etlichen Notizen und Aufträgen, den sie lächelnd entgegennimmt. Bei aller Hektik, die sich um den General verbreitet, kommt Ibele nicht umhin, der Hagen die ihr gebührende Aufmerksamkeit zu widmen. Auch heute wieder agiert sie in größter Selbstverständlichkeit und mit geradezu kolossaler Unbefangenheit. Schon allein ihre Art sich zu kleiden: ein weiter, blütenweißer, mit riesigen roten Rosen bedruckter, eine gute Handbreit über den Knien endender Rock aus Leinen, *Glockenrock* fährt es Ibele durch den Kopf, den sie zu einer zwar hochgeschlossenen, aber hauchzarten und durchscheinenden Bluse trägt, unter der, in Spitzenwunderwerke verpackt, deutliche Reize vielsprechende Präsenz demonstrieren, und um die schmale Hüfte ein breiter, blutroter

Lackgürtel. Schon allein diese Art, diese Kunst, ergänzt sich auf das Entzückendste mit Antoinettes unbestechlicher Fröhlichkeit; nicht zu reden von der Frische des Lavendelduftes, der um das Fräulein weht, seit es von einer frühsommerlichen Reise ans Mittelmeer zurückgekehrt ist. Nach Marseille genauer gesagt, in die zur europäischen Kulturhauptstadt ausgerufene Metropole. Wiederum war ihr reicher Onkel, der Seidensticker, von dem sich halb Nigeria in sündteure Stoffe wickeln lässt, maßgeblich am erzieherischen Werk beteiligt, und wieder hat er eine exorbitante Wandlung in der jungen Dame bewirkt. Ein Glücksfall, dieser Onkel, bei dem die Kultur dem Geld vorangeht, statt ihm hirnlos hinterherzuhecheln. Er hat sie von ihrem Schlabberpulli- und Biogemüsetrip zurück in die Realität geholt, in die Realität mediterraner Lebenslust, luftig und leicht, fröhlich und klar zugleich. Scharf wie der Mistral bläst sie seitdem jeden Mief aus dem Chefbüro. *Ma Marseillaise,* wie Ibele sie neckisch nennt, oder auch *ma Bouillabaisse,* wenn das Stimmungsbarometer höher steigt, sorgt für klare Luft, und was nicht Hand und Fuß hat, fegt sie gnadenlos hinweg. Jetzt aber los, auf nach Schwarzenberg!

V.

Dokus Bilgeri erwacht allein und verkatert im zerwühlten Bett. Allein und verkatert – das eine wundert ihn so wenig wie das andere, beide Zustände sind ihm allzu sehr in Fleisch und Blut übergegangen. Nur schwer und langsam findet er zu sich. Dokus Bilgeri ist ledig. Mit seinen 35 Jahren nicht unbedingt ein Grund zur Sorge; für wen auch? Für ihn selbst sicher nicht, weil er nicht nur heute Morgen kaum einen Gedanken an sich selbst verschwendet; auch an nichts anderes und erst recht nicht an jemand anderen. An seine Mutter am ehesten, aber die ist tot. Damit sind auch ihre Mahnungen verstummt, sich nach einem schneidigen *Moatle* oder einem *ghöriga Schmelle* umzutun, was nichts anderes bedeuten sollte, als das mütterliche Kommando gegen das eines Eheweibs auszutauschen. Kein Wunder, dass Bilgeri dieses Projekt sehr nachlässig betrieben hat. Seinen Beruf als Holzhändler verdankt Bilgeri in erster Linie einer Reihe von Zufällen, am wenigsten irgendwelchen lobenswerten Charakterzügen, einer inneren Überzeugung oder gar besonderer Leidenschaft. All das sucht man an dem Kerl vergeblich. Allerdings ist da weit und breit niemand, der danach suchen würde. Der früh verstorbene Vater hat den Buben tagelang mit in den Wald genommen, ihn gelehrt, der Natur ins Auge zu schauen und nebenbei auch dem einen oder anderen Stück Wild, das man gelegentlich den Jägern weggeschossen hat. Mit dem Musikfestival im Dorf, der mondänen *Schubertiade*, also einem Kammerkonzert oder einem Liederabend, hat er ungefähr so viel am Hut wie ein Kleintierzüchter mit der Großwildjagd oder ein Laubsägefan mit Zimmermannsarbeit. Darin unterscheidet er sich nicht großartig von der überwiegenden Mehrzahl seiner Landsleute. Würde er als Ausrede für seine radikale Konzertabstinenz die gesalzenen Ticketpreise und eigene Geldnöte anführen, so könnte man ihm eine Partialabsolution erteilen. Erstens muss man sich die nicht billigen Karten tatsächlich leisten wollen und können, und zweitens ist Dokus Bilgeri heillos verschuldet, bis über seine beiden ziemlich abstehenden Ohren. Das liegt zum einen an der Konjunktur seines Geschäftes, des Holzhandels; mehr noch an seinem Geschäftsstil, vorwiegend aber an seinem Lebenswandel. Bilgeri versteht viel von Holz, sehr viel sogar, keine Frage, aber hauptsächlich, solange es im Wald steht. Vom Handel versteht er schon weniger, so wie von den Sprachen, auf die es ankäme: Kein auch nur halbwegs brauchbares Englisch hat seine rudimentäre Schulbildung abgeworfen, kein Italienisch, ganz zu schweigen von Finnisch oder Schwedisch; ein beträchtliches Handicap in diesen Zeiten. Vom Leben schließlich versteht Dokus Bilgeri nicht nur im philosophischen, sondern auch im rein praktischen und ursprünglichen Sinne so gut wie nichts. Leider gewichtet er sein Tun gegensätzlich zu seinen Talenten. Er mischt sich überall ins Leben, er handelt auf Teufel komm raus, nur das Holz lässt er meist links liegen. So erklärt sich einigermaßen plausibel, worauf seine Schulden beruhen: unter anderem auf Alimenten für etliche Kinder. Zuletzt entstand ein kleiner Albert, der eben zu krabbeln anfängt und beim zum Glück seltenen Anblick seines Vaters aufs Heftigste fremdelt. Deutlich kostspieliger und letztlich verhängnisvoller und erbarmungsloser als diese menschlichen Anhängsel ist Bilgeris Autotick. Hier ist die jüngste Erwerbung ein Porsche Carrera 4S, ein Cabrio, weil nur das Beste gut genug ist! Gerade einmal seit drei Wochen steht er in der Garage, nachdem der Schrotthändler vor Monatsfrist seinen Vorgänger abgeholt hat, einen trashigen Audi R8, den ersten im Bregenzerwald. Ihm ist auf der sogenannten Wälderautobahn, einem etliche Kilometer schnurgerade der Ach entlangführenden Straßenstück, eine Hirschkuh zum Verhängnis geworden. Nach der für das arme Tier verheerenden Begegnung ist Bilgeri trotz mehrerer Überschläge unversehrt aus dem Wrack gestiegen und recht dämlich glotzend in der Wiese gestanden. Nur die Kreditraten laufen weiter.

Nicht öfter als zwei Mal hat er ihn bislang gefahren, den Carrera; rund ums Ländle, immerhin gute 170 Kilometer samt Flexen- und Hochtannbergpass, am vergangenen Sonntagmorgen mit der sagenhaften Durchschnittsgeschwindigkeit von unglaublichen 125,372 Kilometern pro Stunde. Drei Tage davor hat er das 150.000-Euro-Geschoss in Dornbirn abgeholt. Dann hat er ihn dermaßen auf der Bödelestraße bergwärts gejagt, dass der mitfahrende Chefverkäufer auf dem Berghofparkplatz die beim Fontain im Oberdorf verspeiste Leberkässemmel in hohem Bogen von sich gegeben, also ausgekotzt, und um Gnade bittend zu Fuß den Rückweg beziehungsweise Rückzug angetreten hat! Wie Bilgeri trotz seines desaströsen Kontostandes einem seiner Hauptgläubiger, dem örtlichen Raiffeisen-Banker, das Geld für den Wagen aus den Untiefen seiner Depots gelockt hat, ist ein eigenes Thema, um nicht zu sagen: Drama. Ein Drama mit eingebauter Komödie. Genau so einer ist Dokus Bilgeri, wenn man auf die bösen Stimmen im Dorf hört: ein dramatischer Komödiant, ein verlogener Feigling, ein Aufschneider und Nachäffer. Weil's wahr ist!

Seit der Ländle-Tour steht der Wagen in der Garage. Die vom Alpabzug mit Kuhdreck übersäten Straßen mutet er dem glänzenden Boliden nicht zu. Auch wenn es Dokus heute Nacht eine Riesenportion Überwindung gekostet hat, ihn stehen zu lassen. Wie verlockend wäre es doch gewesen, den vertrottelten Bauernflegeln um die Ohren zu fahren. Wie die ihn endlos genervt haben mit ihrer besoffenen Prahlerei von einem 300-PS-Traktor, den einer von ihnen mitten auf dem Dorfplatz abgestellt hatte! Ein besonderer Schlaumeier, der zwar kaum seine Kühe zusammenzählen kann, sich aber mit EU-Förderungen auskennt, als habe er sein halbes Leben in Brüsseler Büros verbracht. Der *Steyr* könne auf der leicht ansteigenden Wiese hinter der Sennerei mühelos jeden Porsche abhängen, haben sie sturheil behauptet. Man muss sie reden lassen, die Deppen. Erst, als dann die fesche Resi Schneider aufgetaucht ist, der Bilgeri seit Monaten erfolglos nachstellt, hätte der Porsche wieder ins Spiel kommen können. Aber da war Dokus zum Glück schon zu betrunken, um noch einen klaren Gedanken ans Autofahren zu fassen oder sich an seinen Porsche überhaupt zu erinnern.

Bilgeri hat naturgemäß keine Ahnung, wie er ins Bett gekommen ist. Erst recht fehlt ihm die leiseste Idee, wie er damit umgehen soll, wieder erwacht zu sein. Es ist kurz nach sieben Uhr morgens. Die Schwester rumort draußen in der Küche, ihre Tochter, die fünfjährige Sofia, spielt im benachbarten Zimmer. *Barbie am Strand von Malibu* ist das neue Lieblingsspiel von Dokus' Nichte. Soeben muss der weiße Hai aus dem

Federbett aufgetaucht sein, denn die kleine Sofia brüllt sich vor Angst schier die Seele aus dem Leib. Für sie ist es ein Spiel, für Onkel Dokus lärmende Realität. Wo ist denn dieser Idiot von Ken geblieben? Wie kann so ein kleiner Mensch nur ein derartiges Geschrei veranstalten! Selige Zeiten, als die Kinder mit Tannenzapfen spielten oder mit Mal- und Bilderbüchern zu befrieden waren! Bilgeri steht knurrend und halblaut vor sich hin fluchend auf. Lange hält er seinen schmerzenden Schädel unter kaltes Wasser. Dann setzt er sich mit tropfnassen Haaren an den Küchentisch, wo ihm seine Schwester Klara, die hier den Haushalt führt, mit vielsagendem Blick eine Tasse Kaffee, ein paar Schwarzbrotscheiben, Butter und Honig vorsetzt, bevor sie ihm mit einem schmierigen Geschirrtuch die Haare so energisch trockenrubbelt, dass Dokus meint, eine Dreschmaschine habe sich seiner angenommen.

Bilgeri kaut, schmatzt und schlürft, dass es keine Freude ist. Noch immer liegt der Scheißbrief auf dem Küchentisch, der gestern per Einschreiben gekommen ist, mittlerweile mit Kaffee- und Fettflecken übersät. Advokat Greußing, Rechtsanwalt in Bezau, mahnt im Namen seines Mandanten letztmalig die offene Rechnung ein. Was heißt da Mandant? Ein Vollkoffer ist das, ein Totaltrottel, der Giselbrecht aus Schoppernau. Was meint der eigentlich? Macht da Männchen, statt dass er froh ist, nicht entmündigt zu werden! Soll er doch verrecken mit seinem Wald. „Weißt du eigentlich, wie der Knallkopf heißt?", fragt Dokus seine Schwester. Sicher weiß sie es, aber Dokus muss es ihr trotzdem sagen: „Er heißt Dagobert Goliath! Dagobert Goliath Giselbrecht aus Schoppernau! Das glaubt dir keiner! Der hat schon einen Schuss gehabt, bevor er auf die Welt gekommen ist. Und was für einen!" Das Unlogische beziehungsweise Hirnrissige dieser Aussage will Klara ihrem Bruder lieber nicht auseinandersetzen, aber was sich Giselbrechts Eltern bei der Namenswahl wirklich gedacht haben, wäre schon interessant zu wissen. Wie dem auch sei, Dagobert, Donald oder Gustav plus Goliath: Bilgeri hat das Geld nicht, um ihm die Wagenladung Holz zu bezahlen, die er im vorigen Jänner in Giselbrechts Wald drinnen in Au geschlägert und längst nach Italien verscherbelt hat. Wenn er es hätte, wüsste er etwas Besseres, als es dem Irren in den Rachen zu schmeißen. Dann doch eher auf die Bank tragen, da wird Ende des Jahres einiges fällig. Und wenn der Porsche weg ist, kann man sich gleich ... Mutters Grab ist eh noch frisch. Der Giselbrecht braucht kein Geld, haust und lebt als ein Einsiedler! Wie ein Sandler kommt er daher und mit dem Geld kann er so gut umgehen wie mit den Weibern, also gar nicht. Außer mit Jasskarten, uralten Motoren und Seilwinden kommt der mit gar nichts zurecht.

„Reg dich lieber nicht unnötig auf, Dokus. Sag, hast du etwas mitbekommen von dem Wahnsinn im Kauffmann-Saal heute Nacht?“ Bilgeri braucht eine Weile, bis er lokalisiert, woher die Worte kommen. Erstens ist Sofia offenbar noch immer in haiverseuchtem Gelände unterwegs, zweitens kommt es nur alle heiligen Zeiten einmal vor, dass die Schwester ungefragt redet. Klara ist ein paar Jahre älter als Dokus; eine immer noch sehr attraktive Frau mit leidenschaftlichem und starkem Gemüt und in den Augen vieler, vor allem in denen ihres Langzeitverlobten Bartle, wirklich zu schade, um ihrem Klotz von Bruder aufzuwarten.

„Mitbekommen? Ich? Nein, was soll denn gewesen sein? Sind ein paar Idioten mit dem Traktor in den Dorfbrunnen gefahren oder was?“ Weiter reicht Bilgeris Phantasie heute Morgen erst recht und auch sonst nicht.

„Ach was, vergiss doch deine depperten Traktoren! Eine Tote haben sie gefunden im Saal, in der Garderobe, glaub ich! Der Melchior ist schreiend quer durchs Dorf gerannt, direkt in den *Hirschen* hinein, vor einer guten Stunde. Hättest halt nicht wieder so viel gesoffen!"

„Gesoffen, ich? Was verstehst du denn davon! Eine Tote, sagst du, in der Garderobe? Wo?"

„Na, im Kauffmann-Saal, und ein Cello soll auch verschwunden sein, ein teures." Klara, die Schwester, ist hellwach, nicht nur wegen der Toten und des morgendlichen Aufruhrs rund um das in unmittelbarer Nähe des Konzertsaals gelegene schöne alte Bregenzerwälderhaus. Es ist ihr Naturell, hellwach zu sein. Ganz im Gegensatz zu ihrem Bruder.

„Ein Cello? Das ist eine Fidel, oder? Wo kommt die denn her?"

„Mein Gott, du bist echt ein Penner, Dokus. Einem Schubertiade-Künstler gehört das Instrument. Über eine halbe Million ist es wert, hat der Bartle in der Bäckerei gesagt. Wer es findet, ist ein reicher Mann."

„Eine halbe Million?" Jetzt tut sich etwas in Dokus' benebeltem Gehirn. „Das zahlen die für so ein komisches Ding?"

„Ja, aber da musst du früher aufstehen! Wer sich sowas holt, weiß Bescheid. Das geht alles über organisierte Banden, behauptet der Bartle." Klara scheint dem Bäcker mehr abzukaufen als nur seine Semmeln.

„Mensch Klara, du mit deinem Bartle! Er soll dich lieber endlich einmal heiraten als gescheit daherreden! Euch zeig ich es allen noch! Eine halbe Million ... Wir werden schon sehen, wer früher aufsteht – wart nur ab! Ich kann auch anders." Zwei, drei Schlürfer, und weg ist der kochend heiße Kaffee. Dokus zündet sich eine filterlose Zigarette an, trampelt aus der Küche und verschwindet hinter der Scheune bei seinen Wachtelhühnern. Menschenskind, sagt er sich, mit einer halben Million in der Tasche könnte ich dem neuen Jahr ein gutes Stück gelassener entgegengehen! Klara räumt Tasse und Teller, Butter und Honig weg, wischt mit einem Fetzen über das Wachstischtuch, schenkt sich Kaffee nach und schlägt den *Vorarlbergboten* auf, die Todesanzeigen zuerst. Von Sofia ist nichts mehr zu hören, sie scheint von einem Hai gefressen worden zu sein, oder sie macht sich fertig für den Kindergarten. Ein braves Kind. Höchste Zeit, dass sie zu einem Vater kommt!

VI.

Weit hinten im Süden bleibt Ibeles Blick an der Pyramide der Damülser Mittagsspitze hängen, dann drüben im Osten am Hittisauer Kirchturm, der aus einer mit frischem Grün überzogenen Landschaft ragt. Die beiden Kriminalisten haben Egg hinter sich gelassen und nähern sich Schwarzenberg, vorbei an weidendem Braunvieh. Ibele hat das Fenster halb geöffnet, um das Gebimmel der Kuhglocken zu hören. Als unmittelbar vor dem Auto ein Eichhörnchen die Straßenseite wechselt und Baldreich jäh abbremst, um ihm den Vortritt zu lassen, findet der Inspektor nach einer halben Stunde des Schweigens auch seine Sprache wieder.

„Ausgerechnet Schwarzenberg. Ist denn nicht deine Frau Lehrerin an der hiesigen Volksschule, Karl?“, erkundigt er sich bei seinem Kollegen.

„Gewesen, Isidor, gewesen, noch im vergangenen Schuljahr. Jetzt hat man sie nach Hohenems versetzt.“

„Mein lieber Schwan, versetzt, und ausgerechnet nach Hohenems! Hat sie was angestellt, oder wie? Einen armen Bauernbuben abgewatscht, einen frühreifen Fridolin vielleicht? Das soll ja vorkommen, dann und wann.“ Obwohl Ibele seine Worte mit einem Lachen beschließt, ist es ihm ernst.

„Sicher nicht. Sie ist auf eigenen Wunsch gegangen. *Dieses Dorf ist zu klein*, hat sie immer gesagt. Dabei kommt sie selber aus einem winzigen Weiler im hintersten Ötztal. Aber bei denen da, bei den Schwarzenbergern, geht es nicht einmal darum, so zu sein wie alle. Du musst einfach nur so tun, wie ein paar Großkopferte dich haben wollen. Dann bist du recht. Die meisten geben früher oder später nach. Aber meine Regina ist da nicht der Typ dafür. Du kennst sie ja.“

„Soso, wer gibt denn den Ton an im schönsten Wälderdorf?“

„Schwer zu sagen. Der Pfarrer ist es nicht, der Bürgermeister auch nicht wirklich. Eher sind es sogar Auswärtige, die sich hier wichtigmachen, Jagdherren und so, denen ein paar Einheimische nachlaufen wie die Lämmer. Außerdem nervt der kindische Kampf der Parzellen untereinander: Oberdorf gegen Unterdorf, Außerdorf gegen Innerdorf, und jeder gegen jeden! Dagegen sind die wildesten Stammeskämpfe in Afrika ein harmloses Geplänkel! Ein Kulturkampf bis aufs Mähmesser! Du glaubst nicht, wie man – am liebsten mit der Mistgabel in der Hand – die Regina scheel angesehen und angefeindet hat, weil sie mit den Kindern Konzertproben besucht und Künstler in die Schule eingeladen hat! Ob sie auch der Meinung sei, dass die Landwirtschaft in die zweite Reihe gehöre und Kühe nur stinken, haben die Bauern gemault. Und sie möge lieber den Fratzen etwas beibringen.“

Mit diesen Worten bringt Baldreich den Wagen vor dem Kauffmann-Saal zum Stehen. Ein Dorfpolizist empfängt die Herren und geleitet sie in die spürbar geladene Atmosphäre der Künstlergarderobe. Das liegt nicht unbedingt an den Spurensicherern, die die kleine Kammer zu dritt Zentimeter für Zentimeter untersuchen. Die Hektik nimmt ihren Ausgang vom Impresario selbst, der mit einigen Adjutanten und zwei Herren in grauen Anzügen den Inspektor erwartet. Sehr viel Ruhe geht hingegen von der Leiche aus. Weil sie so schön ist? Sie ist wirklich sehr schön, auch wenn ihre Schönheit zunehmend verblasst. Ein üppiger, mehr als schulterlanger Zopf rotblonder Haare, eine in Ibeles Augen perfekte Figur, also ein paar Kilo über dem gängigen Idealmaß und deutlich jenseits der Laufstegmodelle mit ihren Haselnusssteckengestalten. Da die Tote quer über dem Cellokasten liegt, fallen ihre schweren Brüste halbkugelförmig nach hinten, wodurch sich auf ihrer Unterseite zwei rötliche Narben etwas unschön von der nunmehr fast weißen Haut abheben. *Auch du, mein Kind …*, murmelt Ibele vor sich hin. Am Hals unschöne, blutunterlaufene dunkle Flecken, Würgemale. Im Telegrammstil informiert ein Beamter über die Fakten. Die Tote ist gemäß den in ihrer Handtasche gefundenen Papieren Violetta Lundgren, schwedische Staatsbürgerin, 28 Jahre alt, von Beruf Dolmetscherin, unverheiratet. Dass sie seit mehreren Jahren als Gesellschaftsdame mit einem betagten Ehepaar aus Göteborg zur Schubertiade kommt, fügt der Schubertiade-Boss hinzu. Er kennt seine Kundschaft.

„Gesellschafterin? Was heißt das?", fragt Ibele den Mann, nachdem er sich knapp vorgestellt hat.

„Nun, Herr Olafson ist 88 und etwas … klapprig, wenn ich so sagen darf, seine Frau ist immerhin 75, da ist mancherlei Unterstützung gefragt. Frau Lundgren hat perfekt Deutsch gesprochen und war außerdem altenpflegerisch und medizinisch ausgebildet. Außerdem ist das Cello ihre große …" Abrupt verstummt er. Sucht er nach Worten oder waren es ihrer schon zu viele?

„Ihre große … was?", bohrt Ibele unnachgiebig.

„Ihre große … Liebe? Passion? Hoffnung? Begabung? Was weiß ich!", gibt der Impresario unwillig Auskunft. Aber warum so aggressiv?

„Ob sich damit erklären lässt, warum sie mitten in der Nacht hier spielt? Wann und wie ist sie gestorben?", wendet sich Ibele an den Beamten, den Festivalmann scheinbar nicht weiter beachtend.

„Erwürgt ist sie worden. Der Arzt hat gemeint, am frühen Morgen, vielleicht um drei oder um vier, spätestens um fünf. Nicht allzu lange, bevor man sie gefunden hat."

„Wer hat sie gefunden?" Worte sind hier offenbar eine Holschuld.

„Der Saalwart und Hausmeister, Melchior Ritter. Er macht jeden Tag um sechs seine Runde wegen der Lüftung. Da hat er das offene Fenster im Erdgeschoss gesehen und Verdacht geschöpft. Er ist durchs ganze Haus, um zu prüfen, ob was fehlt."

„Woher kommt das Blut?", fragt Baldreich mit Blick auf die ungustiösen Flecken auf dem hellen Weißtannenboden.

„Das steht noch nicht fest, von der Frau jedenfalls nicht, der fehlt soweit kaum etwas, im Gegenteil. Aber an ihren Fingern, unter den Nägeln, hängen blutige Hautfetzen, wahrscheinlich gehören sie zum Mörder, nehme ich an", gibt ein Spurensicherer grantig und mit dem Anflug eines schmierigen Grinsens zurück.

„Was ist mit dem Cello?", wendet Ibele sich wieder dem Impresario zu. An seiner Stelle antwortet einer der Graugewandeten.

„Das Cello hat einen Versicherungswert von über 600.000 Euro. Es ist ein Originalinstrument von Stainer aus dem Jahr 1650. Wenn es auch nur die allerkleinste Schramme abbekommt, haftet die Gemeinde voll und ganz. Wir können Ihnen versichern, dass ..."

„Ich weiß", schneidet ihm Ibele entschlossen das Wort ab, „dazu hat man eine Versicherung, dass sie einem Dinge versichert. Es geht hier zuerst einmal um einen Mord. Um das Cello kümmern wir uns dann schon." Schluss. Abtreten. So gehört sich das. Es ist so leicht zu verstehen, dass sogar die Grauen es kapieren. „Wie schaut es mit Spuren aus?“

„Eventuell ist der Mörder durch das Kartenbüro eingedrungen. Dort haben wir markante Schuhabdrücke gefunden, mitsamt einer schönen Portion Dreck aus den Profilsohlen. Dann noch überall Fingerabdrücke von ziemlich derben Pfoten, übrigens mit einem auffälligen Merkmal: Mittel- und Ringfinger der rechten Hand scheinen zu fehlen. Der Inhalt der Handtasche war ausgeleert auf dem Tisch, schauen Sie selbst.“ Das tut Ibele. Damenhandtascheninhalte sind zwar nicht wirklich sein tägliches Geschäft und generell ein Feld, das er lieber meidet. Nicht einmal ein klingelndes, blinkendes Handy ist aus solchen Abgründen einfach zu bergen! Mit den Fingerspitzen klaubt Baldreich die größeren Teile auseinander, Lippenstift, Deoroller, ein halber Beauty-Shop, alles aus der Gegend und sehr exklusiv, Susanne Kaufmann, Metzler-Molke und so. Die Dame war sich oder jemand anderem einiges wert. Spiegelchen, Messerchen und ein schmuckes Adressbüchlein. Das schiebt Ibele etwas weiter zur Seite, an der Baldreich steht. Übrig bleibt Krimskrams: Sicherheitsnadeln, eine elegante Montblanc-Füllfeder, Visitenkarten. Eine sticht Ibele ins Männer-Auge. Oder fällt sie ihm auf, weil der in diesem Bereich an und für sich bis zur Selbstverleugnung diskrete Baldreich sie seinerseits mit erstaunlicher Penetranz fixiert? Abgebildet ist eine von oben fotografierte lachende Frau, die beidhändig und sichtlich stolz ihre prachtvollen nackten Brüste präsentiert. Auf der Rückseite findet sich das Konterfei des Arztes Dr. N. Rosenzweig, Primar der ästhetischen Chirurgie. Eine Adresse in Götzis, zwei in der Schweiz; Ibele kennt sich aus. Er steckt die

Karte ein und schaut Baldreich an, der legt die Stirn in Falten, seine Da-haben-wir's-Schnute sagt den Rest.

„Wissen Olafsons Bescheid?", fragt Ibele in die Runde.

„Laut Hirschenwirt schlafen sie noch, es ist spät geworden gestern für die alten Herrschaften." Was der Impresario alles weiß!

„Man soll sie wecken und herbringen, alle beide oder nur ihn oder sie, das ist mir egal, aber bald! Und den Cellomann ebenso ... und den Saalwart!" Die Hände tief in den Taschen seiner dunkelblauen Cordhose vergraben, schlägt Ibele einen Ton an, der Widerspruch nicht unbedingt ratsam erscheinen lässt. Der Impresario verkneift sich folglich einen Kommentar und schickt einen seiner Gehilfen in den *Hirschen*.

VII.

Keine Viertelstunde später ist Frau Olafson zur Stelle. Wow, denkt sich Ibele, eine echt distinguierte Dame. Zierlich und doch kräftig, elastisch und durchgestylt, mit sehr viel Geschmack unauffällig gekleidet, in Grau und Schwarz samt einigen Farbtupfern, kurz geschnittenes, dichtes weißes Haar, ein ebenmäßiges Gesicht. Sie nimmt die traurige Nachricht vom Tod der Violetta Lundgren betroffen, aber mit äußerster Gefasstheit auf. Frau Olafson ist sichtlich konsterniert, ohne dass die Gründe dafür so klar wären, wie man denken möchte! Das Einzige, was ihr in der Muttersprache entfährt, ein gehauchtes *Min Gud* angesichts der Leiche, gilt dem Gedanken an ihren Mann, wie Ibele gleich darauf auf Englisch erfährt, nicht so sehr dem Ableben der jungen Frau. Zu dieser scheint die Dame ein entspanntes, wenngleich intensives Verhältnis zu haben, was Ibele mit einigem Verwundern zur Kenntnis nimmt. Viel erzählen kann Frau Olafson nicht. Die Tote ist, wie bereits bekannt, als Gesellschafterin, Sekretärin und Hilfe für den gebrechlichen Herrn Gemahl engagiert gewesen, seit gut acht Jahren mittlerweile. Sie selbst hat die schöne Landsfrau eher als notwendiges Übel betrachtet, wobei die Gewichtung zwischen *notwendig* und *Übel* stark schwankend gewesen sein dürfte, wenn Ibele die begleitende Gestik des eigenmächtig und irgendwie selektiv übersetzenden Impresarios richtig interpretiert. Ibele ist es in diesem Fall recht, dass der Boss diesen Service übernimmt; er ist nicht wirklich erpicht darauf, sein Schulenglisch zu präsentieren. Schade, auf Französisch hätte er bedeutend lieber parliert. Wie man doch immer wieder vom Falschen viel und vom Richtigen wenig weiß. Nichts zu machen. Zwar spricht Frau Olafson fast fließend Deutsch, mag im Moment aber nicht. Bald steigen jedoch Zweifel im Inspektor auf, ob der Oberschubertianer der passende Verhörführer ist. Ziemlich harmlos sind seine Fragen und noch harmloser die übermittelten Antworten. Ibele wird sich an anderer Stelle über die Olafson-Lundgren-Connection kundig machen; und sei es beim Hirschenwirt oder seiner fesselnden Direktrice. Denn dass zwischen Herr und Frau Olafson so mancher Stolperstein des Anstoßes zu finden ist, machen bereits die wenigen Worte deutlich, die der Dame die verblichene Gesellschafterin ihres Gatten wert ist.

Der Saalwart Melchior Ritter seinerseits zeigt sich ratlos. Noch nie ist ihm derartiges untergekommen. Er müsste diesen Job sonst auch schleunigst an den Nagel hängen. Für solche Erlebnisse lohnt es sich nicht, das beschauliche Rentnerdasein zu unterbrechen, nur weil sich der Schuldiener davon überfordert fühlt, während der Schubertiade ein paar Zusatzdienste einzuschieben und Wochenendeinsätze mit seiner Bequemlichkeit nicht vereinbaren kann.

„Ist Ihnen denn nichts aufgefallen in den vergangenen Tagen, Herr Ritter? Offene Fenster, verdächtige Gestalten und so?“, erkundigt sich Ibele vorsichtig. Es gilt, niederschwellig zu arbeiten mit diesem Herrn, der eher einfach gestrickt zu sein scheint.

„Nein, es war immer alles in Ordnung, Fenster zu, Türen zu, Vorplatz sauber. Ich schau ja auch drauf. Bei all dem Krawall und Trubel gestern bin ich extra kurz vor Mitternacht noch eine Runde ums Haus gegangen. Die Besoffenen waren natürlich überall und es ist wild zugegangen in den Büschen, Heilige Ilga, bitt für uns! Echte Schweinigel sind das!“, empört er sich glaubhaft.

„Wie war es dann heute Morgen? Erzählen Sie!“

„Ich bin kurz nach sechs rund um den Saal gegangen und wollt grad eine Schaufel holen, um gleich ein paar Sauereien von den Saufbolden wegzuräumen, weil um zehn fängt schon der Meisterkurs mit der Frau Kammersängerin Dingsbums an. Da sehe ich das offene Fenster vom Kartenbüro. Heiliger Merbod selig, denke ich mir, ausgerechnet im Kartenbüro! Das hat mir der Na … der Herr Direktor immer eingebläut: Wenn ich schau, soll ich auf's Kartenbüro aufpassen, da stehen der Tresor mit allen Eintrittskarten und die Computer und so. Gleich bin ich hinein ins Büro, durch die Tür natürlich, und hab sofort den Dreck von den Schuhen gesehen, den der Typ verloren hat, dem hab ich praktisch nur nachgehen müssen. In der Garderobe ist die tote Frau gelegen. Meiner Seel, das hätte ich wirklich nicht gebraucht, ich schwör es Ihnen, Herr Inspektor.“ Abgesehen davon, dass Ibele auf die Schwüre der Menschen herzlich wenig Wert legt, gibt es hier wohl nicht viel mehr zu erfahren.

Oder doch, denn soeben trifft auch Herr Kahn ein. Er ist außer sich. Ibele kennt ihn seit Jahrzehnten, wenn auch nur von Fotos auf Schallplattenhüllen und einem Konzertbesuch. Der ist zwar ewig her, bleibt aber dennoch unvergesslich. Der Herr Musikus ist beträchtlich gealtert und beleibt geworden, um nicht fett zu sagen. Imposant allemal, vor Energie förmlich vibrierend, ein Künstler durch und durch. Es hätte einer seiner letzten solistischen Auftritte werden sollen. Ihn so vermasselt zu sehen, tut dem Mann furchtbar weh. Aber auch die Tote, die ihm zur Klärung etwaiger Bekanntschaft kurz zu Gesicht gebracht wird, derangiert ihn weit über das Professionelle hinaus. Ja, er kennt die Frau, doch nur flüchtig, hat sie ein paar Mal gesehen und jetzt leider auch schon wieder zum letzten Mal, das kann er sich nicht verkneifen. Gerne hätte er sie auf seinem Cello spielen hören, meint er, um sogleich seiner tiefen Verzweiflung über dessen Verschwinden anheim zu fallen. Es ist eine Ungeheuerlichkeit, neben der selbst der Tod der jungen Schönen ins zweite Glied rückt. Der Tod ist nicht mehr rückgängig zu machen, aber das Cello muss wieder her! Ibele kennt den Maestro in seiner neuerdings forcierten Karriere als Dirigent zwar noch nicht, aber so, wie er jetzt auftritt, ist nicht an seiner Fähigkeit zu zweifeln, selbst größte und sperrigste symphonische und vor allem philharmonische Orchester zu bändigen. Nur ist das hier kein Orchester. Das sieht Herr Kahn schließlich ein und zieht zeternd ab, zu Ibeles Erleichterung Arm in Arm mit dem Impresario.

Nachdenklich resümiert der Inspektor. Was wir bis jetzt haben, sagt er sich, ist nicht viel, aber es hat Potenzial: eine Tote und ein verschwundenes, sündteures Cello. Rund um die beiden tummeln sich Gestalten, die auf den ersten Blick wenig ergiebig sind. Nur: So harmlos wie sie ausschauen, können sie gar nicht sein! Warum musste Violetta sterben? Wer klaut ein praktisch unverkäufliches Instrument? Was hat es mit Herrn Olafson auf sich? Der Anruf Antoinettes mit der Mitteilung, dass ein SMS des Generals ihn für den frühen Nachmittag ins Bregenzer Kommando zurückbeordert, kommt Ibele gerade recht. Bei der Gelegenheit trägt er ihr auf, im weltweiten Datennetz Informationen zu den Olafsons zu beschaffen und über die Tote zu recherchieren. Jetzt ist es bald Zeit fürs Mittagessen, eine gute Gelegenheit, den Hirschenwirt samt Direktrice zu besuchen. Auch das Konzertprogramm, das der Impresario spätestens morgen Vormittag wieder aufnehmen will, macht Ibele Kummer. Es gibt jetzt wahrlich anderes zu tun, als Harmonien auf und ab zu fideln!

VIII.

Den Tschick zwischen Daumen und Zeigefinger eingeklemmt, saugt Dokus Bilgeri gierig den letzten Rest Teer und Nikotin aus ihm heraus. Was übrig bleibt, wirft er in den Brunnen vor dem Haus, wo es zischend verlöscht. Eine von Dokus' üblen Gewohnheiten, die Klara ihm auszutreiben versucht, indem sie regelmäßig die Zigarettenpackungen verschwinden lässt, was wiederum den Bruder zur Weißglut und ihrer unkontrollierten Abreaktion treibt. Im Stall füttert er die Hühner. Mit einem schnellen Blick streift er den Porsche in der Garage nebenan, dessen leuchtendes Rot sogar im Gemüt des Grobians eine winzige Aufhellung bewirkt. Wäre nicht die Straße von hier bis auf den Tannberg vom Vieh verschissen, Dokus wüsste, was jetzt zu tun wäre! So jedoch lenkt er seine Schritte missmutig in die Stube, die ihm als Büro dient. Im Vorübergehen holt er sich in der Küche den ominösen Brief, hauptsächlich um damit die dicken Fliegen zu zerquetschen, die träge an den Fensterscheiben auf und ab krabbeln. Leserlicher wird das Schreiben dadurch nicht, erfreulicher genauso wenig. Die Büroeinrichtung besteht aus einem verdreckten Mobiltelefon, einem staubigen Urzeitmodell von Computer und einem ebensolchen Drucker, in dessen Papierfach schräg ein paar vergilbte, eselsohrige Blätter stecken. Würde Klara hier nicht ab und zu für Ordnung sorgen, wäre mit dem ganzen Kram überhaupt nichts anzufangen. Sie tut es nicht aus Liebe zu ihrem Bruder. Zu sehr hängt ihr eigenes Fortkommen mit seinen schwindligen Geschäften zusammen, solange Bartle der Heirat, um die Klara schon so lange herumredet wie um den sprichwörtlichen heißen Brei, nicht zustimmt. Das muss warten, heißt es dann, bis er die Bäckerei vom Vater übernimmt. Möge der Alte bald seinen Frieden finden, seufzt Klara immer wieder – sich bekreuzigend und in der wöchentlichen Beichte um Vergebung dafür bittend.

Er muss sich etwas einfallen lassen, das ist Dokus klar. Der Bankmensch hat es ihm deutlich genug gesagt. Wenn die Raten nicht pünktlich kommen, ist ganz schnell der Porsche weg und als nächstes das Haus. So weit darf es nicht kommen, das weiß Dokus. Er ist der seligen Mutter im Wort, und nicht nur das. Noch sind die Kränze nicht verwelkt auf ihrem Grab, drüben auf dem Friedhof, einen Steinwurf vom Haus entfernt. Bis heute ist nicht einmal das Testament eröffnet. Allerdings hat der Notar ein paar Bemerkungen in seine Beileidsbekundung eingeflochten, die nichts Gutes verheißen. Die Klara ist immer das Lieblingskind der Mutter gewesen, nicht ohne Grund, das muss Dokus zugeben. Von der jüngeren Schwester, die einen Bregenzer Lehrer geheiratet hat und das Haus als Feriensitz nutzen möchte, kann er mit wenig Unterstützung rechnen. Feriensitz für einen Lehrer – da geht es bekanntlich um Monate, nicht nur um Wochen! Es nützt nichts: Geld muss her! Vielleicht hätte er gestern doch mit dem Giselbrecht reden sollen. Der ist mit seinen Hinterwälder-Kumpanen stundenlang droben im *Ochsen* gesessen. Warum hat er eigentlich nicht geredet mit ihm? Ja, richtig, mindestens einer von beiden war zu betrunken dazu. Obwohl der Holzkopf für die freche Bemerkung, die er ihm zugerufen hat, schon eine gesalzene Antwort verdient hätte. Seine Einladung, mit vor die Tür zu kommen, hat der Schoppernauer aber schon nicht mehr gehört oder nicht mehr hören wollen. Außerdem ist Dokus nicht scharf darauf, sich mit dem zu prügeln. Nicht, dass er sich fürchten täte; aber der Kerl rauft kaltblütig wie kaum ein anderer. Wenn er zulangt, dann ohne jede Rücksicht. Der schlägt dich tot und es ist ihm völlig egal, wahrscheinlich merkt er es nicht einmal. Nur wenn er beim Jassen verliert, rinnen ihm gleich die Tränen in den Bart! Oder wenn man ihn an seine Mutter erinnert. Oder wenn die Kellnerin seine Zudringlichkeit allzu barsch abwehrt. So einer ist das. Dokus hat ihn dann auch bald aus den Augen und aus dem Sinn verloren gestern, was ihm eh am liebsten ist. Das stimmt allerdings nicht ganz: Beim Heimgehen oder so sind sie sich nochmals begegnet, um Mitternacht herum. Da ist der Schoppernauer mutterseelenallein am Dorfplatz gesessen, auf den Stufen des Hirschbühl-Ladens. Stocknüchtern und aufrecht, wenn Bilgeris vom Alkohol getrübter Blick das richtig erfasst hat. Beängstigend nüchtern und bedrohlich aufrecht. Keiner, dem man gerne in die Quere kommt.

IX.

Schlag halb zwölf treffen Ibele und Baldreich im Gasthof *Hirschen* ein. Mit einem Anflug von Respekt betritt Ibele das mächtige mehrstöckige Holzhaus, das in einem ausladenden, verspielten, *Bauernbarock* genannten Stil gehalten ist. Wie nebenan beim *Adler* führt eine herrschaftlich anmutende doppelläufige Steintreppe zu den beidseitig eines breiten Flurs gelegenen Stuben, in denen die Gäste von einer unnachahmlichen Mischung aus Behäbigkeit und Noblesse, Bodenständigkeit und Diskretion empfangen werden. Warme Holztöne und viele kleinteilige Fensterchen sorgen für das Gefühl, weit genug von den Plattheiten der Welt entfernt zu sein, um sich den wesentlichen Freuden und Aufgaben des Lebens hingeben zu können; und sei es nur ein erstklassiges Essen. Erst als sie das etwas kostspielige Mittagsmenü bestellt haben, erfahren sie von der Abwesenheit des Patrons und der Direktrice. Ersterer ist mit Gästen auf seine Alphütte gewandert, um dort jene Bregenzerwälder Zünftigkeit zu zelebrieren, die im einheimischen Alltag längst der globalisierten Hektik gewichen ist; zweitere zum Einkaufen nach Zürich gefahren. Soso, nach Zürich. Was anfänglich nach einem Misserfolg ausschaut, entpuppt sich jedoch bald als Glücksfall.

Munter plappert nämlich Trixi, die junge Service-Praktikantin mit wienerischem Zungenschlag, drauflos, als sie von Ibele auf die vornehmen Gäste im Allgemeinen und die betagten Olafsons im Besonderen angesprochen wird. Noch munterer paradoxerweise, als die Rede auf die tote Gesellschafterin des greisen Herrn kommt. Sie muss eine schillernde Erscheinung gewesen sein. Wie das Licht die Motten, so habe sie die Männer angezogen, gibt das gar nicht schüchterne Mädchen altklug preis. Ein kecker Augenaufschlag und eine playboyreife Brust-heraus-Pose sollen verdeutlichen, was gemeint ist, falls die Herren Nachhilfe dieser Art benötigen. „Drum ist die Violetta ja auch jedes Jahr früher angereist und beim Dr. Rosenzweig gewesen.“ Hier senkt sogar Trixi geheimniskrämerisch die Stimme. Dann mustert sie sich selbst mit einem vielsagenden Blick, um stolz zu unterstreichen, dass an ihr Derartiges nicht vonnöten sei, weil alles da und überaus prächtig ist, nichts älter und nichts jünger als süße siebzehn Jahre. Ibele nickt anerkennend. Baldreich lächelt zwischen zwei Löffeln Nudelsuppe aus der Distanz des wahren Genießers. Er mag Nudelsuppe. Ein Klingeln aus der Küche ruft Trixi zur Pflicht. Als sie bald darauf mit den beiden Wienerschnitzeln anrauscht, folgt in ihrem Windschatten der Impresario mit Herrn Kahn. Zu spät sieht er die tafelnden Kriminalisten, zu spät, um sie zu ignorieren. Mit bittersüßer Miene grüßt er. Sichtlich um Haltung bemüht, hält er Ausschau nach dem am weitesten entfernten Tisch, an den er sich, ohne offensichtlich unhöflich zu sein, zurückziehen kann. Mit schlecht geheucheltem Bedauern darüber, dass dies ja leider das Nichtraucherstübchen sei, nimmt er denn Reißaus und lässt sich in den Garten führen. Nein, nie im Leben rühre der Herr Geschäftsführer eine Zigarette an, und der Herr Kahn verabscheue die Qualmerei geradezu, bestätigt Trixi so ahnungslos wie allwissend Ibeles Verdacht.

„Der weiß auch mehr als ihm gut tut“, orakelt Baldreich und zerdrückt ein Zitronenviertel über seinem Schnitzel, dass es nur so spritzt. „Stimmt“, fügt Ibele hinzu, ein paar Pommes frites auf die Gabel spießend, „aber wenn wir ihn stechen, wird auch er bluten! Mahlzeit, Karl!" „Prost, Isidor!" Baldreich leert sein Achtel Neuburger fast in einem Schluck, so gut ist der.

Noch ist Trixi mit ihrer Weisheit nicht am Ende. Umso weniger, als Herr und Frau Olafson, die mittlerweile ebenfalls in Sicht-, aber außer Hörweite der Ermittler Platz genommen haben, ihr weitere Anregung liefern.

„Die Violetta hat vorgehabt, dem Schubertiadeboss vorzuspielen, da war der Olle ganz schön sauer!" Ibele und Baldreich schauen gleichzeitig in Trixis von nichts als Unschuld kündendes Gesichtchen.

„Wer war sauer?", fragt Baldreich kauend.

„Wer hat wem vorgespielt?", legt Ibele nach.

„Also, die Violetta Lundgren war früher Musikerin, na ja, fast zumindest, in Schweden hat sie einmal in einem Konzert gespielt, das weiß ich. Sie hätte gern wieder angefangen, da hat sie eben den ...", Trixis Zeigefinger weist in den Garten hinaus und fährt sich dann an die Nasenspitze, die sie nach oben drückt, „gefragt, ob sie ihm vorspielen darf."

„Und?", erkundigt sich Ibele lauernd.

„Ich weiß nicht, ich glaube, es ist nicht mehr dazu gekommen, aber dem Herrn Kahn hätte das bestimmt auch gefallen."

„Und wer war nun wirklich sauer?", hakt Baldreich nach.

„Na, der Olle, so heißt Herr Olafson im Vornamen."

„Warum war der sauer? Und wie hat man das gemerkt?" Diese Spur gefällt dem Assistenten offenbar. Trixi in ihrem gastronomisch – also großzügig – ausgeschnittenen Dirndl lehnt sich sehr langsam über den Tisch, nicht nur, um an Baldreichs leeren Teller zu gelangen. Der erwidert gelassen ihren Blick und schaut ihr tief in die Augen. Nur in die Augen.

„Herr Olafson war echt krass eifersüchtig. Die Violetta war ja seine ...“ Ein sich Baldreich bedenklich nähherndes Kussmäulchen sagt den Rest auf ebenso entzückende wie charmante und diskrete Weise. Das hätte man der Trixi kaum zugetraut. So läuft also der Hase! So ist er zumindest gelaufen. Man muss jetzt anfangen, Alibis zu überprüfen, aber dalli! Zum Glück sind die als Nachspeise servierten Eismarillenknödel eher Marillenkügelchen, somit rasch verspeist. Der Espresso ist stark und heiß, genau das, was jetzt angebracht ist.

Baldreich bittet kurz darauf mit hoch erhobener Geldtasche die nun lässig am Tresen lehnende Trixi um die Rechnung. Ibele begibt sich an den Tisch der Olafsons, begrüßt die Frau, stellt sich dem alten Herrn vor und ersucht, eine kurze, aber dringliche Frage stellen zu dürfen, was man ihm gestattet, da soeben die lediglich zur Hälfte geleerten Vorspeisenteller abserviert werden. Offensichtlich ein Salat Caprese; einer der Teller ist mit fein säuberlich an den Rand geschobenen Tomatenscheiben, der andere mit dekorativen Dreiecken von schneeweißem Mozzarella bestückt. Nicht immer gehört zusammen, was sich ergänzt. Der Inspektor setzt sich gegenüber von Herrn Olafson an den winzigen, mit kostbaren Holzeinlegearbeiten verzierten altväterischen Tisch und hat Frau Olafson zu seiner Linken. Die Stimmung ist gedrückt – kein Wunder. Traurigkeit ist um die alten Leute, daneben aber noch etwas, wie Ibeles feine Antennen sogleich wahrnehmen. Eine Spur Trotz oder über Jahrzehnte eingeschliffene Häme vielleicht?

„Sie haben wahrscheinlich nichts mitbekommen von Frau Lundgrens nächtlichem Ausflug?“, beginnt er freundlich, fast mitfühlend. Olle schaut abwartend zu seiner Frau. Die antwortet für beide.

„Nein, gar nichts, ihr Zimmer liegt in einem andern Stockwerk als unseres und in der Nacht ist sie ja nicht im Dienst gewesen." Muss sie das so pampig sagen? Kann sie wissen, was Ibele weiß?

„Aber dass sie gerne Cello gespielt hat, ist Ihnen bekannt?" Jetzt kann Herr Olafson nicht mehr still sein.

„Ja, natürlich. Und wie sie gespielt hat, wunderschön! Violetta hat sogar ein Diplom von der Kungliga Musikhögskolan in Stockholm! Der Herr ...", der Name will ihm nicht einfallen oder nicht über die Lippen; mit dem Daumen zeigt er über die Schulter in die Richtung, in der Impresario und Maestro an gebackenen Hühnerkeulen herumsäbeln und -nagen, „... hätte sie vorspielen lassen sollen, vorspielen und auftreten! Gefragt hat sie ihn ja darum. Sie wäre sicher ..."

„Ist schon gut, Olle", fällt ihm die Gattin unduldsam ins Wort, „wir wissen das!"

„Entschuldigen Sie bitte, aber ich muss Sie fragen, wo Sie heute Nacht zwischen zwei und fünf Uhr waren", unterbricht Ibele den ehelichen Erfahrungsaus- und Schlagabtausch.

„Wer? Ich? Geschlafen, Herr Konstapel, tief geschlafen." Herr Olafson schließt die Augen, um zu veranschaulichen, was er sagt. Wie hat er ihn genannt? *Konstapel,* das ist einmal etwas Neues. Ibele gefällt es, besonders in der spontan in seinem Gymnasiasten-Lateiner-Gedächtnis auftauchenden Bedeutung von *constabularius:* Stallgefährte. Ob es da einen Stall auszumisten gilt, einen rechten Augiasstall womöglich?

„Er hat wirklich geschlafen", bestätigt Selma überraschend sanft, „ich war dabei." Das kommt wieder scharf und giftig. Mit der ist nicht gut Kirschen essen, denkt sich Ibele. „Man hat ja nicht schlafen können bei dem hirnwütigen Geschrei da draußen, außer als Schwerhöriger, nicht einmal lesen, höchstens nachdenken!" Ein hinkender Kellner serviert mit eingefrorenem Lächeln zwei Portionen Tafelspitz. Selma greift zu Messer und Gabel, Olle leckt sich die Lippen. Beide, so ist Ibeles Eindruck, mögen den Tod ihrer Begleiterin nicht so richtig an sich heranlassen. Guten Appetit wünschend erhebt er sich, von einem knappen Kopfnicken der Essenden verabschiedet. Er winkt Baldreich herbei und sie wenden sich den beiden Herren im spärlich besetzten Garten zu. Zwei Teller mit blanken Hühnerknochen stehen auf dem Tisch, eine zu drei Vierteln geleerte Flasche Weißwein, Reste von Kartoffelsalat, erschlaffte Salatblätter, von Brotkrümeln übersät das einst weiße Tischtuch.

„Die Herren gestatten?" Schon sitzen Ibele und Baldreich Aug' in Aug' mit den Musikern. Kahn ist schläfrig, die großen Augen treten aus den Höhlen, graue Haarsträhnen liegen kreuz und quer auf dem mächtigen Schädel. Der Impresario ist umso wacher, adlerhaft die Züge, gespannt, verbissen.

„Frau Lundgren war Cellistin, habe ich erfahren. Sie wollte bei Ihnen vorspielen, Herr Nadirer? War sie denn so gut?", forscht Ibele.

„Schauen Sie, Herr Inspektor, alle wollen bei mir vorspielen. Die Lundgren war so schlecht sicher nicht ..."

„Sie war saugut, Berti, das weißt du", protestiert Kahn.

„Hör doch auf, Kunrich, seien wir ehrlich: Gut sind viele. Ich habe es dir schon tausendmal gesagt: Das hier ist kein Nachwuchsfestival und kein Talentwettbewerb! Ich brauche die Besten! Wozu hast du sie auch in ihrem Wahn bestärkt mit deinem Cello?" Punktum. Kahn will das nicht hören.

„Was für ein Wahn, Herr Kahn?“ *Wahn, Kahn* – klingt gut, verheißt aber nichts solches, denkt Ibele.

„Hol mich der Teufel, Inspektor. Das Kind war so begabt wie schön, und das heißt was! Ein bisschen nachhelfen hätte man müssen, dann wäre sie ganz nach oben gelangt, wirklich ganz nach oben. Keine Ahnung, warum sie unbedingt bei dem alten Schweden bleiben wollte!“ Jetzt ist es an Kahn, einen nicht unbedingt freundlichen Blick in Richtung des Schwedenduos zu schicken.

„Gab es denn öfter solche nächtlichen Übungsstunden? Wussten Sie davon?“ Langsam wird Ibele neugierig.

„Schauen Sie, ich bin ... ich war ... ich hätte gern ...“

„Bei allem Respekt, Maestro, wir halten hier keine Deutschprüfung und kein Beichtgespräch ab. Sagen Sie uns einfach, wie es war mit Ihnen und Violetta Lundgren!“, fordert Ibele energisch. Er denkt wieder einmal an seinen ehemaligen Lehroffizier, dessen tristem Ende immerhin ein tatenreiches Leben vorangegangen und der noch in seinem kläglichen Scheitern wenigstens sich selbst treu geblieben ist. Friede seiner Asche!

„Wissen Sie, meine Herren ...“, beginnt der Künstler zögerlich, als müsse er sich einspielen, „es stimmt, die Violetta hat von mir den Schlüssel für den Saal bekommen, damit sie spielen kann. Aber dabei war ich nie, oder fast nie; gestern jedenfalls bestimmt nicht. Da habe ich selber geprobt bis um halb eins und bin dann ins Bett. Trotz dem famosen Krach rundum habe ich sofort geschlafen.“

„Das glaubst du doch selber nicht, dass in dem Tohuwabohu jemand geschlafen hat!“, feixt Nadirer und fuchtelt mit der Gabel gefährlich in der Luft. „Aber warte nur!“ Worauf gewartet werden soll, verrät er nicht. Aber er scheint es zu wissen.

„Wie ist Frau Lundgren zu Ihrem Schlüssel gekommen?“

„Den habe ich ihr aufs Zimmer gebracht.“

„Um halb eins in der Nacht?“ So etwas entgeht Baldreich nicht.

„Ja sicher, wann sonst? Ich habe ihr auch Noten gegeben, ein paar Etüden und so, einfachere Sachen, aber schön! Ich verstehe nicht, was da passiert ist! Das arme Kind, und mein Cello. Ich muss es wiederhaben, Inspektor!“

„Zeugen für Ihren Schlaf gibt es wahrscheinlich keine, oder?“, forscht Ibele.

„Leider nicht“, entgegnet der Cellist müde und lässt offen, worauf sich das *leider* bezieht. Auf die Stichhaltigkeit seines Alibis? Oder doch auf die schöne Kollegin?

„Darf ich Sie auch noch fragen, wo Sie heute Nacht zwischen zwei und fünf Uhr waren, Herr Nadirer?“, wendet sich Ibele an den Impresario, der daraufhin noch eine Nuance entrückter und gleichzeitig aggressiver aufbraust: „Sie wollen wissen, ob ich ernsthaft daran interessiert bin, mein Festival abzumurksen? Das besorgen schon andere mit ihren Alptagen und Traktoren, Miststreuern und Kühen, mit reichlich Gestank und Lärm. Geschlafen habe ich jedenfalls nicht. Bis um halb vier bin ich mit dem Patron und dem Bürgermeister in der Bar gesessen und dann nach Hause gefahren. Nüchtern. So nüchtern, Inspektor, ernüchtert vielmehr, wie Sie vielleicht noch nie in Ihrem Leben waren, wenn Sie es genau wissen wollen! Weil so viel kann unsereiner gar nicht bechern, dass die dich nicht wieder auf den Boden holen! Du stellst ihnen ein

Weltfestival ins Dorf und dann bist du abhängig von irgendwelchen Rindviechern!" Hopplazitz, da glimmt es gehörig unter der amphibienhaft kalten Schale: Der Inspektor winkt gelassen ab, ein paar Notizen in sein schwarzledernes Büchlein kritzelnd.

„Das mag durchaus sein. Wenn ich mich so umschaue, möchte auch ich den einen oder andern Rausch lieber nicht missen. Es lebe Dionysos, Herr Kollege! Aber lassen wir das. Ich danke Ihnen, meine Herren." Es ist nicht das Dessert der beiden Schlemmer, angesichts dessen Ibele weicht. Er weiß einfach, wann es genug ist. Außerdem ist das, was da aufgetragen wird, wirklich nicht sein Fall: Erdbeeren und etwas Schokoladiges darüber. Erdbeeren in Schokolade! Erdbeeren im September! Wo bleibt da die vielgepriesene Regionalität? Ab nach Bregenz, es ist höchste Zeit. Das Mobiltelefon zeigt vier Anrufe des Generals an.

X.

Bei Ibeles Eintreffen im Kommando läuten vernehmlich die Kirchenglocken aus der Stadt herüber, es ist Freitag, drei Uhr nachmittags, ein milder Herbsttag, die Luft steht still. Antoinette sitzt an ihrem aufgeräumten Schreibtisch, auf dem eine Tasse Kaffee und ein Glas Wasser stehen, daneben liegt eine gut gefüllte Aktenmappe. Sie kann es kaum erwarten, zu berichten, muss sich aber gedulden, bis der General abgefertigt ist. Der hat sich, schon wieder in piekfeiner, ordensgeschmückter Ausgehuniform, vor Ibeles Schreibtisch aufgebaut und legt gleich los: Man müsse unverzüglich die Presse informieren, das Lokalfernsehen komme in einer Stunde für die Aufzeichnung einer Stellungnahme und man brauche Fotos. Der neue Kulturlandesrat habe ihn mitten im Manöver angerufen, um zu erfahren, ob man die Sache endlich im Griff habe. Da platzt Ibele der Kragen.

„Mon Général“, poltert er los und wedelt mit ausgestrecktem Zeigefinger vor den Augen des Generals hin und her, „Sie können der Presse erzählen, was Sie wollen, dem Fernsehen auch, Sie können Fotos haben von allem Möglichen, aber wenn ich noch einmal das Wort *Landesrat* höre, lasse ich die ganze mickrige Regierung verhaften und verhänge persönlich eine komplette Nachrichtensperre! Die Herrschaften kümmern sich das ganze Jahr weder um die Schubertiade noch um uns, und jetzt möchte man sich wichtigmachen! Was zu viel ist, ist zu viel! Schluss damit!“

„He, Ibele, sei er nicht so garstig! Ist ja schon gut. Die tun auch nur, was sie müssen.“ Letzteres bezweifelt Ibele. Der General salutiert und zieht ab, an Antoinettes hochgezogenen Schultern und ihrem fragenden

Blick vorbei. Diese klopft mit der Faust auf ihre Aktenmappe und zeigt Ibele den aufgestellten Daumen. Der ruft sie mit einem Augenaufschlag herbei. Aus einer Wolke von Lavendelduft dringen Antoinettes Worte an Ibeles Ohr. Was sie über die Olafsons zu berichten weiß, ist allerdings spannend.

Olle Olafson war in seiner besten Zeit, die gut 40 Jahre zurückliegt, eine der schillerndsten Gestalten seiner Heimat. Intimus des Königshauses, eine Art väterlicher Freund des aktuellen Regenten, auf gut Deutsch Trink- und Jagdkumpan, besonders im zweibeinigen Revier; einst jüngster Finanzminister des Landes und Mitglied mehrerer prominenter Clubs; beteiligt an etlichen der führenden Industrieunternehmen sowie Förderer der Künste in großem Stil. Besonders junge, aufstrebende Talente, vor allem weibliche und auffallend gut aussehende Musikerinnen, erfreuten sich seiner Gunst. Olafsons Ausstieg aus der Politik verlief nicht ohne Dispute und Zerwürfnisse, unter anderem mit seinem politischen Stiefsohn, dem prominenten, nicht viel später unter ungeklärten Umständen ermordeten Ministerpräsidenten. Die meisten seiner Industrie-Beteiligungen stieß Olafson ebenfalls ab, den Großteil seines Geldes legte er in Immobilien an. Selma Olafson, eine geborene Baronin von Blixen-Finecke zu Näsbyholm, die seit nunmehr 30 Jahren die zweifelhafte Ehre hat, Olles vierte Ehefrau zu sein, stammt aus einer uralten und schwerreichen Adelsfamilie. Nachdem seine ersten drei Ehen mit einer Schauspielerin, einer Modeschöpferin und einer einst berühmten schwedischen Eiskunstläuferin ihn beinahe in den Ruin getrieben hätten, war Selma seine Rettung gewesen. Seine Liebe war sie dagegen bekanntermaßen nicht. So blieb, wie nicht nur schwedische Gazetten berichten, Olafson seiner Schwäche für schöne junge Frauen treu. Zur Schubertiade kommt er seit ihren Anfängen, jedes zweite Jahr in Begleitung seiner Frau, immer aber mit einer attraktiven *Sekretärin*. Seit Jahren nimmt Violetta Lundgren diesen Platz ein. Sie hat eine Ausbildung als Krankenschwester hinter sich, besitzt ein Konzertdiplom der Königlichen Musikhochschule Stockholm und wurde vor zehn Jahren zur Miss Schweden gekürt. Im Jahr darauf wurde ihr der Titel wegen einer Affäre um Nacktfotos postwendend wieder aberkannt. Kürzlich ist sie im Zusammenhang mit einer etwas delikaten Angelegenheit um den Monarchen ins Scheinwerferlicht der Regenbogenpresse geraten. Ihre Aufenthalte in Schwarzenberg verband sie außerdem seit zwei Jahren mit Schönheitsoperationen, die ein Rheintaler Chirurg vornahm. Ibele zeigt Antoinette die Visitenkarte. „Ja, der ist es", bestätigt sie. Dann möge sie ihm dort doch so bald wie möglich einen Termin vereinbaren, bittet der Inspektor. „Für ein Gespräch", fügt er lächelnd hinzu. Schönheitsoperationen sind an und für sich nichts Verbotenes; nicht nur in Ibeles Augen dennoch ein Metier, das sich an der Schwäche und Eitelkeit der Menschen in einem Maße bereichert, das skeptische Wachsamkeit rechtfertigt. Während Antoinette zufrieden ihren Schreibtisch ansteuert, bemerkt Ibele erst die Schuhe an ihren Füßen: halbhohe Schnürstiefelchen aus glänzendem, kastanienbraunem Leder, die Antoinettes Gang etwas ebenso Federndes wie verführerisch Elegantes verleihen. Und schon ist sie weg. Zurück bleiben ein Hauch von Lavendel und eine Ahnung von Jugend, Frühling und Meer. Sehr schön.

Feierabend. Die Presse-Betreuung überlässt Ibele seinem Kollegen, das Fernsehen übernimmt der General, versteht sich. Zum Glück gibt es keine wirklich Verdächtigen, denkt Ibele, dann ersparen wir uns das Gefasel von der Unschuldsvermutung, die heute schon jeder für sich in Anspruch nimmt, solange er nicht mit einer eisernen Kugel am Bein in Festungshaft sitzt. Das könnte sich schnell ändern. Gerade schickt sich Ibele an, seinen Schreibtisch aufzuräumen, da fällt ein rasch größer werdender Schatten auf seine verstreuten Papiere und ein bekannter Duft nähert sich, von charakteristischem Klack-Klack begleitet. Antoinette Hagen steht vor dem Inspektor und lächelt ihn an wie Ilsa Lund alias Ingrid Bergman den Barpianisten Sam in *Casablanca*. Will sie eine Gehaltserhöhung?

„Was ich beinahe vergessen hätte", fängt sie geheimnisvoll an, „Frau Lundgren hat letztes Jahr eine Vorstrafe ausgefasst, drei Jahre bedingt plus Geldbuße, knapp über 50.000 Euro." Schweigen folgt, wo sich Ibele den Grund der Verurteilung erwartet hätte.

„Na, was hat sie denn angestellt? Den König verführt? Einen Callgirl-Ring aufgebaut? Kokain geschmuggelt? Du verrätst es mir sicher gleich, ma Marseillaise", rätselt er entspannt.

„Knapp daneben, Chef." Pause. Den *Chef* möchte Ibele seiner Sekretärin schon lange abgewöhnen. Nur weiß er nicht so recht, womit er ihn ersetzen soll. Antoinette legt ihrerseits so viel Charme und kesse Ironie in das Wort, dass es schon wieder lustig ist. Ibele mag es, auf diese Weise zugleich um den Finger gewickelt und respektiert zu werden. Das tierisch Ernste ist nicht sein Metier.

„Jetzt komm, Antoinette, erzähl's mir!"

„Sie war in einen Dopinghandel involviert, hat ein schwedisches und zwei norwegische Profi-Radteams als Kurier mit EPO und so Zeug versorgt und war in ganz Europa für Mannschaften aus der zweiten und dritten Liga unterwegs, auch in Österreich. Wir haben ihre Bankkonten abgefragt. Das bei einer hiesigen Volksbankfiliale weist einige sehr interessante Eingänge auf, insgesamt mehr als 250.000 Euro, einmal genau 51.257,66 Euro: Das ist exakt der Betrag ihrer Geldstrafe. Sie werden im Leben nicht herausfinden, von wem das Geld gekommen ist." Das Raten ist nicht Ibeles Stärke und der vorliegende Casus befördert keineswegs seine Lust, sich überflüssige Gedanken zu machen. Er tut Antoinette trotzdem den Gefallen.

„Vielleicht von Herrn Olafson?"

„Nein, ich bitte Sie! Ganz kalt!"

„Frau Olafson?"

„Also wirklich! Noch kälter. Strengen Sie sich ein bisschen an, Herr Inspektor." *Herr Inspektor* aus Antoinettes Mund ist wie der mahnende Zeigefinger des Oberlehrers.

„Vom Hirschenwirt womöglich?" Genug jetzt!

„Oje, Chef, schon besser, aber nicht gut genug. Passen Sie auf: Das Geld wurde vor einem knappen halben Jahr von unserem Dr. Rosenzweig überwiesen! Der pumpt offenbar nicht nur Busen und Po, glättet nicht nur Stirn und Beine und so!" Ist Antoinette eine Dichterin geworden?

„Mollback!" Mehr mag Ibele im Moment dazu nicht sagen, kann er auch nicht.

„Für Ärzte scheint sie eine Schwäche gehabt zu haben. Wir sind auf ein schönes Foto gestoßen – Google sei Dank –, auf dem Frau Lundgren im Frühjahr 2006 mit dem berüchtigten Doktor Fuentes am Strand von

Biarritz posiert. Aber wirklich spannend ist das hier, Chef“, sie hebt ein Blatt Papier hoch über den Kopf und lässt es los. „Vom Doktor Fuentes führt eine direkte Spur nach Vorarlberg. Ich sage nur: Sportmanagement GmbH!“ Das mit wenigen Zeilen beschriebene Blatt, eine E-Mail-Kopie, schwebt durch die Luft, bevor es von einem leisen Luftzug erfasst wird. Ibele packt es zielsicher und beginnt sofort zu lesen. Die landeseigene *Sportmanagement GmbH* ist seit geraumer Zeit für jeden Kriminaler ein Reizwort erster Klasse, zumindest für alle, die irgendwie mit Betrug, Raub, Einbruch und Suchtdelikten beschäftigt sind, also auch für Ibele. Ein Alarmsignal wie früher einmal „Mafia“ oder „Haltet den Dieb“. Es sind im Frühjahr einige Köpfe gerollt rund um die Abteilung, wie es so schön heißt, und gewiss nicht die falschen, was schon ein bedeutender Fortschritt gegenüber ähnlichen Vorfällen ist. Zudem hat der Landesherr publikums- und wählerwirksam angekündigt, persönlich für Ordnung sorgen zu wollen. *Für Ordnung zu sorgen*, weil *wo kommen wir denn da hin, wenn ...* ist in den alemannischen Landen, wo samstags immer noch die Gehsteige vor den Einfamilienhäusern gekehrt, die Kinder gebadet und die Autos gewaschen und poliert werden, ein sicherer Tipp für viel Zustimmung. Nur ist es dann erwartungsgemäß bald wieder verdächtig still geworden; am stillsten um die dubiosesten Gestalten. Da nützt es wenig, dass einige Obergschaftlhuber ordentlich zurückrudern mussten. Ein rechter Hexenkessel scheint das Ganze zu sein. Daher also weht der Wind!

Ibele greift zum Telefon und wählt die Nummer des Generals. Das kommt nicht besonders oft vor. Meist ist der Inspektor froh, wenn zwei, drei Türen zwischen ihnen sind, geschlossene am besten. Nur manchmal ist der hohe Herr genau der Richtige. Etwa wenn es ums Intervenieren geht, um nicht Intrigieren zu sagen, oder darum, Beziehungen spielen zu lassen. Der General mit seiner mehr und mehr öffentlichkeitsorientierten Dienstauffassung sorgt für Informationsfluss, der eine in gewissen Angelegenheiten unabdingbare Mischung von nüchterner Sachverhaltsdarstellung und Klatschbasentum bietet. Ohne lange Umschweife erfährt Ibele, wie die Sach- und Beweislage rund um die fast schon wieder eingeschlafenen – eingeschläferten – Doping-Geschichten des zurückgetretenen Sportmanagers und seines Chefs steht. „Alles ist möglich", gibt sich der General so kryptisch wie kooperativ. Es wird schwer werden, Näheres über Frau Lundgrens Verbindungen zu erfahren, denn die betreffenden Herren sind seit Wochen außer Landes, der eine auf Sahara-Durchquerung, der andere beim Himalaya-Trekking. Kein Witz, im besten Fall ein Zufall. Auf dass sie sich keine kalten Füße und heißen Köpfe holen. Die Spur brennt.

XI.

Landeinwärts sind die Hügeltäler schlafgefüllt.
Herman Melville

Inspektor Ibele spaziert nach Hause. Ein kurzer Abstecher in die freundliche kleine Buchhandlung im hässlichsten aller Warenhäuser ist noch leicht drin und eine bibliophile Kompensation für allerhand dienstliche und anderweitige Unbill rasch gefunden. Vier in blaues Leinen gebundene Büchlein mit Geschichten vom Meer sind es, Geschichten vom Streben und Scheitern weltferner Inselbewohner. Genau das Richtige – und ein anderer Flair von Jugend und Meer; fast wie bei Antoinette. Auch sehr schön!

Zuhause angekommen entledigt sich Isidor seiner Aktentasche, nicht ohne vorher das schwarzlederne Büchlein mit dem Goldschnitt, analoger Datenspeicher und Markenzeichen in einem, und seinen akkurat gespitzten Bleistift an sich zu nehmen. Die Gattin fuhrwerkt in der Küche, aus der verführerische Gerüche in Ibeles Nase steigen. So hat das Rösle den Markttag und einen morgendlichen Waldgang genutzt, um an frische Pilze zu gelangen. Denen geht es nunmehr an den Kragen. Fichtensteinpilze, Pfifferlinge und ein paar Anischampignons als besondere Gustostückerln. Von denen lässt sich der Inspektor ohne lange Umwege zu seinem Lieblings-Aperitif inspirieren: viel Anis, kein Wasser, kein Eis. Er trinkt ihn in der Küche sitzend, Rösles geschicktes, routiniertes Hantieren beobachtend und ihr die neuesten Schwarzenberger Geschichten auftischend. Eine SMS von Antoinette Hagen gibt bekannt: Morgen um zehn Uhr vormittags Termin bei Dr. Rosenzweig, Baldreich ist informiert, holt den Chef um halb zehn ab. Was denn, will Ibele postwendend wissen, einen andern Termin als am Samstagvormittag hat der Schnipsler nicht frei? Nein, hat er nicht, retourniert Antoinette, frühestens Mitte Oktober, und auch dann höchstens für ein schnelles Lifting.

Es ist dem *Chef* nicht unangenehm, dass sich der Schwager, da zurzeit Strohwitwer, zum Abendessen einlädt. Erstens belebt der notorische Hans-Dampf-in-allen-Gassen die Konversation mit den neuesten Bregenzer Stadtkuriosa, zweitens hilft er tatkräftig mit, die Flasche wunderbaren weißen Loire-Wein, ein Sancerre, zu leeren, drittens steuert er eine herrlich flauschige Serviettenschnitte bei. Ebenso recht ist es Isidor andererseits, dass sich der Gast zeitig verabschiedet. So bleibt noch Zeit, um den zur Neige gehenden Tag mit einem Spaziergang in die Oberstadt abzuschließen und die rundum grassierende Bautätigkeit zu inspizieren. Vom umstrittenen Schlössle-Umbau bis zur dezenten Revitalisierung der ehemaligen Brauerei und einigen wahrlich verwegenen Privathäusern tut sich so manch Spektakuläres. Geld scheint keine Rolle zu spielen, Geschmack auch nicht.

Auf seine geliebten Cello-Suiten verzichtet Ibele heute. Sein Bedarf an diesem Instrument ist fürs Erste gedeckt. Um so richtig in Fluss zu bringen, was nun folgen soll, greift er auf den göttlichen Bach zurück. Die fünfundzwanzigste der Goldberg-Variationen legt er auf und gönnt sich und dem Rösle die knapp sieben Minuten des melancholischen Adagios. Zwar geht es im vorliegenden Fall nicht darum, jemandes Schlaflosigkeit zu untermalen, vielmehr soll die freudige Überraschung eingeläutet werden, die Ibele für seine Frau vorbereitet hat. Dazu nimmt er jetzt den

Taschenkalender zur Hand und setzt sich neben sein Rösle auf die Ofenbank.

„Mein Gott, dass du auch immer an alles denkst", quittiert die Gattin Ibeles Hinweis auf den bevorstehenden Hochzeitstag. Es wird der 25. sein, nächste Woche, am 12. September. Für das am Freitag dem 13. anbrechende Wochenende hat der treu sorgende Gatte eine Idee. Eine Fahrt ins Grüne schlägt er vor – sollte denn die Schubertiade-Geschichte bis dahin abgeschlossen sein. Wie immer ist der Inspektor guten Mutes. Wenn nicht, wäre die Sache eh nicht mehr dringend. So erzählt er seiner Frau von einem Vinschgauer Gasthof, in den er sie gerne entführen möchte. Die unauslöschliche, wenn auch naturgemäß bereits ziemlich verklärte Erinnerung an das erste Rendezvous hat ihn nach kurzer Internet-Recherche auf dieses Quartier gebracht. Weil das Unbewusste keine scharfe Trennung zwischen Erinnerung und Fiktion kennt, rechnet Ibele mit einem vollen Erfolg seines Vorhabens.

„Unser erstes Rendezvous?", fragt Rosalia sinnierend.

„Erinnerst du dich etwa nicht?", insistiert Isidor.

„War das nicht eher eine Wanderung?"

„Stimmt, es war eine Wanderung, zu der ich dich eingeladen habe. Keine Ahnung, was damals in mich gefahren ist. Auf die Hirtenromantik bin ich immer wieder hereingefallen, so wie damals in meinem legendären Alpsommer! Habe ich dir das eigentlich schon einmal erzählt?"

„Nein, Isidor, nicht einmal. Du erzählst es mindestens jedes halbe Jahr. Deshalb wird dein Alpsommer auch immer länger, die Kühe immer zahlreicher und die Sennerin Theres immer hübscher!"

„Also gut, lassen wir das. Von der damaligen Wanderung weiß ich nichts mehr, nur von der abschließenden Einkehr. Erinnerst du dich an das Gasthaus?"

„Das Gasthaus? Natürlich, das war der *Grüne Baum*, droben am Hohen Fraxner. Wir sind dagesessen bis Sonnenuntergang, nein, bis zum ersten Kuss, Isidor. Das vergisst eine Frau nicht. Weißt du, Männer haben keine Ahnung, woran sich Frauen erinnern; so wie Frauen keine Ahnung davon haben, was Männer alles vergessen! Dann war die letzte Gondel weg und du hast mich den halben Weg ins Tal auf dem Rücken getragen."

„Das ist ziemlich so geblieben, oder, du Wunderbare? Also, in den *Grünen Baum* fahren wir am Freitag. Natürlich nicht in den am Fraxner droben, sondern ins Südtirol. Du wirst staunen, das ist ein ganz feines Haus, noble Architektur, schön modern in altem Gemäuer. Kommst du mit?"

„Natürlich komme ich mit!" Der Worte sind genug gewechselt, mehr brauchen Ibeles vorderhand nicht. Der Weiße wird ausgetrunken. Für eine halbe Stunde vertiefen sich die Eheleute in ihre Bücher. Schlag elf knarrt die Treppe in den oberen Stock unter Rösles raschen und Isidors festen Schritten. A domani.

Samstag, 7. September 2013

XII.

Inspektor Ibeles samstägliche Routine, die wesentlich im Fehlen von Routine besteht, erfährt heute eine gewisse Unterbrechung. Kein Weg führt den frühstückenden Inspektor an den Mord-Berichten des *Vorarlbergboten* vorbei. Wenn sie auch nichts Neues enthalten, ist es doch allemal aufschlussreich zu erfahren, was die kreativen Zeitungsmenschen aus simplen Tatsachen herauszulesen vermögen und auf welche Phantasiereisen sie ihre nichtsahnenden Leser schicken. Dem Inspektor ist es mehr als recht, dass all das kaum etwas mit seinen eigenen Hypothesen und ersten Annäherungen an die traurige Wirklichkeit zu tun hat. Hätte er es darauf angelegt, falsche Fährten zu legen, sie hätten nicht abstruser sein können als das, was er da zu lesen bekommt. Nur getraut hätte er sich das nicht!

Punkt zehn Uhr stehen die Kriminalinspektoren Ibele und Baldreich gegenüber einer mächtig aufragenden Kirche vor dem verblüffend urban gestylten Gebäudekomplex, in dem sich Dr. Rosenzweigs Ordination befindet. Da könnte sich die Landeshauptstadt einiges abschauen, resümiert Ibele anerkennend. Großzügige Freiflächen rund um die zahlreichen Cafés, Restaurants und Geschäfte sind belebt von einem munteren Völklein samstägiger Einkäufer und Müßiggänger. Nach allzu kurzer Fahrt im rundum verglasten Lift stehen die Männer vor Rosenzweigs weitläufiger Praxis. Direkt neben der Rezeptionstheke, besetzt von einer Dame um die zwanzig, die man beim besten Willen nicht anders denn als Aushängeschild oder Vorzeigeprojekt bezeichnen kann, prangt eine großformatige Fotografie in goldenem Rahmen. Darauf ist der Herr Chirurg persönlich abgebildet. In der hoch erhobenen Rechten trägt er ein silbernes Tablett. Auf diesem liegen, als wäre es das Haupt des Johannes, oder vielmehr als sei die Heilige Agatha auferstanden, zwei abgetrennte halbkugelförmige Brüste. Doch, wirklich. Ein Blick in Baldreichs Gesicht bestätigt Ibele, dass der dasselbe sieht. Läuft das auch noch unter „chacun à son goût" oder ist die Grenze des Geschmacks überschritten? Die Dame bemerkt – immerhin – die konsternierten Blicke der beiden Besucher. Paradoxerweise reagiert sie darauf, indem sie ihre bombastische Oberweite unablässig lächelnd noch eine Spur penetranter in Szene setzt, sie präsentiert sich den Kriminalisten als leibhaftiger Musterkoffer. *Sekkant* hat das Ibeles alte Dornbirner Tante stets genannt. Es ist in der Tat zumindest eine milde Form von Nötigung. Gut, dass Ibele gründlich gelernt hat, das Beobachten vom Interpretieren, das Schauen vom Denken zu trennen. Wozu ist man schließlich Philosoph! Ja, informiert die Dame schließlich mit pompösen Lippen, die bei der Artikulation mehrsilbiger Worte seltsam blubbernde Laute hervorbringen, ja, der Herr Doktor erwartet die Herren drüben, was bei ihr *dienig* heißt, im Salon. Die Praxis erweist sich als eine Flucht mehrerer großer Räume. Der Salon ist eine in blendendem Weiß gehaltene Aula, auf einer der Längsseiten von oben bis unten verglast, ausgelegt mit anthrazitgrauen Steinplatten, die jeweils in der Mitte als eine in Gold gehaltene Einlegearbeit die Initialen des Chirurgen zieren: zwei verschnörkelte R. Möbliert ist das Ganze mit einer knallroten Ledercouch, auf der sich gut und gern eine Großfamilie niederlassen könnte, und etlichen schwarzen Fauteuils, die sich um kleine Tischchen gruppieren. Bei dem Zeug, das an den Wänden montiert ist, dürfte es sich um Kunst handeln, schließt Ibele. Es wäre aber auch möglich, dass die ausführende Baufirma Werkzeug vergessen hat oder mit der Malerfirma etwas schiefgelaufen ist. Dr. Rosenzweigs vollendet höflicher Auftritt vervollständigt den irrealen Zauber.

„Meine Herren", eröffnet er nach erfolgter Vorstellung und nachdem man an einem der Tischchen Platz genommen hat, „was kann ich für Sie tun?" Er fragt das so, dabei seine Manschettenknöpfe zurechtrückend, die winzige nackte Frauen darstellen, dass sich Ibele unwillkürlich mustert und im Geiste die Liste möglicher Korrekturen ästhetischer Natur an sich selbst durchgeht. Bis auf ein paar Kilo, jene, die über der 90er-Marke liegen, fällt ihm nichts auf und ein. Er mag sich so, wie er ist – schließlich ist er sein eigenes Werk! Sogleich besinnt er sich auf die wahre Bedeutung der rosenzweigschen Frage. Baldreich zeigt dem Arzt das Foto der toten Violetta. Dr. Rosenzweig nimmt es an sich, schiebt seine Brille über die Stirn nach oben und begutachtet es lange, fachmännisch sozusagen. Ist es nur berufliches Interesse, das ihn bewegt?

„Das ist Frau Lundgren! Ich habe am Morgen darüber gelesen. Mio Dio, warum musste das schöne Mädchen sterben? Wissen Sie etwas?" Ehrliches Entsetzen spricht aus seinen in Unordnung geratenen Gesichtszügen.

„Wir wissen, dass sie erwürgt worden ist. Aber noch nicht von wem und warum. In der Handtasche der Toten lag Ihre Visitenkarte und wir vermuten, mit Verlaub, dass Frau Lundgren bei Ihnen in Behandlung war." Ibele beugt sich über die Fotografie und fährt mit der Spitze seines silbernen Bleistifts an der Narbe am unteren Rand der hoch aufragenden Brüste entlang. Dabei blickt er den Arzt fragend an.

„Ja, sicher. Wir haben sie ein wenig in die Mangel genommen, die Kleine. Volumen schaffen, Holz vor die Hütt'n, Mann, Sie verstehen. Das ist vierzehn Tage her. Porca miseria, wo doch alles so tadellos schön geworden ist." Es ist nicht leicht zu erkennen, worum es dem Mann mehr leid tut: Um das arme *Ding* oder um seine Arbeit. Und sollen die eingestreuten italienischen Brocken vielleicht zu dem an eine der Wände gesprühten „La vita è bella" passen?

„Da ist noch etwas, was uns interessiert, Herr Doktor. Sie haben Frau Lundgren im vergangenen Mai einen größeren Geldbetrag überwiesen. Wie kommt denn das?" Rosenzweig greift nervös nach seiner klobigen Nase und knetet daran herum, so dass sich Ibele insgeheim fragt, warum der Herr Doktor nicht schon längst das Skalpell korrigierend an sich selbst eingesetzt hat.

„Überwiesen sagen Sie, einen größeren Geldbetrag? Oh, von den Gelddingen habe ich keine Ahnung. Das macht alles der Steuerberater. Warten Sie, ich gebe Ihnen gerne seine Karte." Nachdem der sichtlich aufgeregte Rosenzweig seine Sakko- und Hosentaschen, seine Brieftasche und eine Kommodenschublade erfolglos durchsucht hat, entschuldigt er sich mit dem Hinweis, bei der Sekretärin eine solche Karte holen zu wollen und saust davon. Baldreich schält sich aus den Tiefen des Sessels und macht ungeduldig ein paar lange Schritte durch den Raum. An der Fensterfront bleibt er stehen und schaut hinunter auf den belebten Platz. Mit einem Mal klopft er wie wild an die Scheibe und schreit: „He, Teifl eini! Stop! Halt! Hiergeblieben!" Hat er einen Dieb entdeckt? Von wegen Dieb: Der Doktor zischt eben in einem offenen Sportwagen aus der Tiefgaragenauffahrt, so dass eine junge Mutter sich und den Kinderwagen in letzter Sekunde vor ihm retten kann! Ibele und Baldreich stürmen Richtung Ausgang. Leider kann das Geschöpf an der Rezeption überhaupt nicht weiterhelfen. Er müsse schnell weg, sie solle einfach Schluss machen, habe ihr der Doktor zugerufen. Mit wem sie denn Schluss machen solle, wenn keiner da ist und der Kevin eh nichts mehr von ihr wissen will, jammert sie. Ibele findet in aller Hektik die Zeit „Gute Nacht, gelehrtes Europa" zu murmeln. Nach dem Namen des Steuerberaters gefragt, nennt das Püppchen Ibele nach viel zu langem Suchen in einer Kästchenkartei die Namen zweier prominenter Kanzleien. Von beiden ist erwartungsgemäß telefonisch kein Lebenszeichen zu erhalten. Es ist Samstag! Vielleicht sind sie in einem der Cafés anzutreffen, dort sitzt zu dieser Stunde bekanntlich alles, was im kleinstädtischen Promikosmos Rang und Namen hat. Was nur in den Doktor gefahren ist? Noch wichtiger: Wohin ist er gefahren?

Die Inspektoren nehmen seinen überstürzten Abgang vorerst gelassen. Zur Sicherheit und um der Ordnung der Dinge Genüge zu tun, geben sie das Autokennzeichen des Doktors an die zuständigen Dienststellen im Kommando und an die Schweizer und natürlich auch an die Liechtensteiner Grenzposten weiter. Das Fürstenreich ist eine heiße Spur, wenn es um auffällige Geldflüsse geht. Dann ist Feierabend. Ab nach Hause. Weil das hier quasi gleich ums Eck ist, legt Ibele wenig später einen Zwischenhalt in der Dornbirner Schillerstraße ein. Dort erwirbt er bei den Wohlgenannt-Brüdern ein Set beispiellos nobler französischer Laguiole-Steakmesser, ein Geschenk zum Hochzeitstag. Doch, da wird sich das Rösle mit ihm freuen: Es liebt Steaks und mag Frankreich und natürlich seinen Isidor. Schließlich kann auch Baldreich nicht länger widerstehen und zieht mit einem eleganten kleinen Taschenfeitel von dannen, vom jüngeren der beiden Brüder wort- und gestenreich aus dieser Wunderkammer verabschiedet. Hier verwirklichen sich die kühnsten Bubenträume ebenso wie alle nur denkbaren Phantasien junger und alter Messerfans, ob es sich nun um Rasen und Sträucher, Karotten und Tomaten, Papier und Holz handelt, oder einfach nur um bestes und schönstes Handwerk!

Für morgen hat sich Ibele sozusagen dienstlich eine Karte für das vormittägliche Schubertiade-Konzert reservieren lassen. Bevor am Montag die Obduktionsergebnisse und die Berichte der Spurensicherer vorliegen, möchte er sich ein klareres Bild machen von den Verwerfungen, die das Nebeneinander von Agri- und Hochkultur dem kleinen Dorf beschert. Auch wenn der Zusammenhang zwischen Violetta Lundgrens gewaltsamem Tod und dem Kontrast zwischen bäuerlicher Sturköpfigkeit und künstlerischer Weltfremdheit alles andere als erwiesen ist. Beide Seiten treiben absonderliche Blüten. Nur zu gut ist Ibele der Landwirt in Erinnerung, der kürzlich auf einer schmalen, von ebenen Wiesen gesäumten Straße mit seinem riesigen Traktor auf ihn und sein kleines Auto zugerast ist, um sein monströses Gefährt erst im letzten Augenblick zum Stehen zu bringen und ihn, den harmlosen Automobilisten, wutschäumend darauf hinzuweisen, dass er gefälligst auszuweichen habe. Andererseits ist ihm ein junger Klaviervirtuose mit einem berühmten, vom Vater ererbten Namen in Erinnerung, der im Schwarzenberger Konzertsaal einen armen Zuhörer, der es sich erlaubt hatte, seinem Nachbarn etwas zuzuflüstern, vor vollem Saal zur Schnecke gemacht hat. Es ist an und für sich kein Wunder, dass diese Welten aus tiefster Archaik und höchster Exzentrik sich nicht immer vertragen. Doch ein Verbrechen wie das an Frau Lundgren verübte ist so einfach nicht zu fassen. Motive für solche Taten finden sich selten an der Oberfläche menschlichen Treibens. Es muss gründlicher geschürft werden.

XIII.

Scheppernd und klirrend zerschellen die Fotografien auf dem Stubenboden. Was Schwer- und Fliehkraft nicht besorgen, übernimmt ein Paar grober Holzschuhe. Unter dem Druck der dicken Sohlen bersten die filigranen Metallrahmen, zersplittern die Glasscheiben. Fünf Bilder waren es. Was von ihnen dann noch übrig ist, zerreißt Dagobert Giselbrecht ungeschickt in kleine Schnipsel, die wiederum auf dem Boden landen. Was hat sich die Mutter nur gedacht bei ihrem gottlosen Tun? Warum steckt man einen wehrlosen kleinen Buben in Frauenkleider? Nicht einfach in Frauenkleider – in eine Tracht, eine allerliebste kleine Juppe, weiß von oben bis unten, ein schwarzer Lackgürtel vor das Bubenbäuchlein gespannt und ein goldenes Krönchen auf den blonden Locken des Dreijährigen: Gehört sich das? Mein Gott, war die krank! Und wer hat alles abbekommen? Er allein, denn natürlich hat sich der Vater aus dem Staub gemacht. Nur leider nicht rechtzeitig, sonst wäre dem Buben der Wahnsinn erspart geblieben, dieses ganze bescheuerte Leben! Was hätte der gute Mann denn sonst tun sollen? Sich auch Frauenkleider anziehen lassen? Vierzig Jahre hat Dagobert diese Bilder nun Tag für Tag angestarrt. Nie ist es ihm gelungen, sie zu ignorieren. Aber jetzt ist es genug.

Giselbrecht hat ein Ventil gefunden für seinen über Jahrzehnte angestauten Frust, eigentlich eine ganze Reihe von Ventilen, durch die der Dampf zischend, fauchend und eine wüste Spur hinterlassend entweicht. Es ist nicht Erleichterung, was der Tobende verspürt. Nur ein Ziel hat er gefunden für seinen Zorn, einen Sündenbock auch, einen Prügelknaben.

„Verfluchte Hurerei, ich kann diese blöde Juppe nicht mehr sehen!“, schimpft Giselbrecht und hält sein Feuerzeug an das dicke Papier einiger Schnipsel der zerrissenen Fotografien, die auf dem Tisch verstreut liegen. Rauchend verschmoren sie und brennen hässliche Flecken in den hellen Linoleumbelag der Tischplatte. Heftig zerknüllt er den aufgeschlagen auf dem Tisch liegenden Lokalteil des *Vorarlbergboten*. Findet sich darin der Anlass seines Zorns? Eine tote Schwedin in Schwarzenberg, das hat ihm noch gefehlt. Wenn er richtig verstanden hat, was da steht, allerdings ist das Lesen nicht Dagoberts Stärke, aber wenn das stimmt, was die schreiben, dann sind noch mehr solche Schweden in der Gegend. Haben die nicht genug Schaden angerichtet, damals an der Roten Egg, als sie die Frauen dermaßen verrückt gemacht haben? Hat sich ja das Weibervolk bis heute nicht von seiner Einbildung erholt! Drohend schüttelt Dagobert seine kindskopfgroße Faust in Richtung der Kammer, in der die Mutter dahinsiecht. Dann holt er die zerknüllte Zeitung unter dem Tisch hervor und glättet sie sorgfältig. Unbeholfen schneidet er mit dem Taschenmesser den Bericht von den gestrigen Ereignissen aus. Den Rest wischt er wieder vom Tisch. Mit zusammengekniffenen Augen liest er den Bericht nochmals Zeile für Zeile. Warum macht sich dieser Schwede so wichtig? Man muss sich das nicht gefallen lassen! Vorsichtig schiebt Dagobert das Blatt zur Seite, stützt die Ellbogen auf den Tisch und legt den Kopf in die Hände. Er denkt. Es denkt in ihm. Das ist Schwerstarbeit für einen wie Dagobert Giselbrecht.

Längst hat Giselbrecht den sonntäglichen Kirchgang eingestellt. Dabei kennt er kaum etwas Schöneres als das Spiel der Orgel und die kostbaren Gewänder des Pfarrers. Das Kerzenlicht und sogar die Blumen auf dem Altar waren ihm stets lieb. Nicht selten hat er heimlich große Geldscheine in die dafür vorgesehenen Kassen hinten in der Kirche gesteckt. Doch die sich überall vordrängenden selbstherrlichen Weiber in ihren Juppen haben ihm alles verleidet. So ist er jetzt Sonntag für Sonntag der erste im Gasthaus und holt sich seinen Segen eben vom Wirt statt vom Pfarrer – oder gleich vom Mohrenkopf mit den wulstigen Lippen, der auf dem Bierglas prangt. Wüsste Giselbrecht, was eine Burka ist, er würde sie der von alten und jungen Brauchtümlerinnen und Brauchtümlern so heiß verehrten Wäldertracht vorziehen! Nicht umsonst hat er sich vor ein paar Jahren beim großen Juppenfest in Reuthe in kürzester Zeit bis zur Bewusstlosigkeit betrunken, als hunderte Trachtenträgerinnen aufmarschierten, um sich und ihr in Giselbrechts Augen völlig überzogenes Selbstbild in unverschämter Heiterkeit zu zelebrieren. Betrunken hat er sich, um Schlimmeres zu verhindern, nachdem ihn der Ordnerdienst um ein Haar vom Festgelände geworfen hätte. Dabei hat er doch nur versucht, einen der Umzugswagen anzuhalten, naja, umzuwerfen, wenn man es genau nimmt, jenen, auf dem die Schlacht an der Roten Egg nachgestellt wurde, das legendäre Ereignis, in dem Ursprung und Fluchtpunkt aller verlogenen Trachtenromantik sich versammeln. Natürlich wollte und konnte niemand etwas wissen von der um vieles banaleren Geschichte Giselbrechts, von seiner Kindheit in Frauenkleidung. Erst recht nicht von einem, der seine Kindheit in Frauenkleidern verbracht hat und jetzt, als Erwachsener, von seiner alten Mutter, einer wahren Hexe, gerade so im Haus geduldet wird, ohne je die Chance auf ein eigenes Leben zu erhalten. Das verbrannte Linoleum verströmt einen üblen Geruch, das zweifelhafte Aroma des Käses, der noch vom Frühstück auf dem Tisch steht, gesellt sich dazu. Sirenengeheul ertönt, Samstagmittag, zwölf Uhr.

Es rumort bedenklich in Giselbrechts tumbem Gemüt: Der Saukopf von Advokat hat wieder nicht angerufen, wie es ausgemacht war. Da gehört auch einmal aufgeräumt, da draußen, rund ums Bezirksgericht! Muss er jetzt die verfluchte Scheiße mit dem Schwarzenberger Holz selbst in die Hand nehmen? Mit dem Geld vielmehr, das ihm der Schwarzenberger Gauner schuldet? Hätte er ihn gestern doch Mores lehren und ihm Saures geben sollen, anstatt ihn so mir nichts dir nichts ziehen zu lassen samt seiner blöden Visage! Aber hat er nicht eh mit ihm geredet? War da nicht etwas? Warum ist er denn überhaupt hinausgefahren zu dem aufgeblasenen Alptag, wenn nicht, um sich sein Geld zu holen? Auf jeden Fall ist heute keines da, nur der Kopf brummt und die Mutter geifert aus ihrem Zimmer herunter nach der Suppe. Kann die Alte ihn nicht endlich in Ruhe lassen? Wo bleibt die verkorkste Schlampe aus dem Dorf schon wieder, die dafür angestellt ist, stundenweise aufzuwarten, zu kochen und im Haus ein wenig Ordnung zu machen? „Hurensweiber, dahergelaufene!“, poltert der so gar nicht entspannte Dagobert.

Die *Schlampe* ist in Wirklichkeit keine Schlampe und verkorkst noch viel weniger. Wer will es der beherzten jungen Frau, die im Rahmen eines freiwilligen sozialen Jahres Dienst im Dorf tut, verübeln, dass sie dem über alle Maßen ungustiösen Junggesellen schon bei einem der ersten Besuche entschieden übers Maul gefahren ist und ihm alle Zweideutigkeiten, Anspielungen und Tätscheleien ein für alle Mal verboten hat?

Sie sei ja nicht die Kellnerin im *Sternen*, hat sie ihn, keinerlei Widerspruch duldend, belehrt. Soeben kommt sie schwungvoll durch die Haustür, meldet der alten Giselbrechtin mit fröhlicher Stimme ihre Ankunft und kneift auch den knurrend durch den Hausflur in die Küche schleichenden Dagobert unbekümmert in den Arm. „Na, alter Brummbär, schon munter?" Sie sieht, was sich hinter solchen Grantlern verbirgt, kennt auch die Geschichte des Buben, der Dagobert im Grunde seines armseligen Herzens geblieben ist. Einer, den man hauptsächlich vor sich selbst schützen muss. Der Blick in das Scherbenchaos auf dem Stubenboden gibt ihr so recht wie der in Dagoberts verschrecktes Gesicht. Sie wird ihn heute Abend wieder einmal ins Altenheim zum Kartenspielen einladen, da kann er seinem kindlichen Zorn freien Lauf lassen. Oder noch besser zum Fernsehen, wo er sich zu Tinas Verwunderung oftmals an den harmlosesten Actionfilmchen erfreut, wenn es nur ein bisschen knallt und raucht und irgendein Muskelprotz à la Bud Spencer, dem er übrigens so ähnlich ist wie ein Ei dem andern, die Welt rettet. Ein „Das hättest du wohl gern!" ist Dagoberts mürrische Antwort auf die Einladung. Tina weiß das zu deuten und verspricht ihm, auf dem Rückweg so gegen halb acht wieder da zu sein und ihn abzuholen. Er solle bitte vorher noch duschen und das frische Hemd anziehen, das sie herrichten wird.

XIV.

Es ist später Nachmittag, die Schatten werden länger am Thalbach, nur die Pfänderspitze ist von der untergehenden Sonne vergoldet, als ein Anruf auf Ibeles Diensttelefon eingeht. Höchst ungern reißt sich Ibele von den Goldberg-Variationen los, deren herrlich munterem Klang er sich seit einer halben Stunde überlassen hat. Ohne Eile legt er die halb gerauchte Virginia im schweren Messingaschenbecher ab und greift nach dem Apparat. Die Vermittlung im Kommando stellt ihm einen externen Anruf durch, ein Herr Dr. Rosenzweig möchte den Inspektor sprechen. Skeptisch runzelt Ibele die Stirn, kneift die Augen zusammen, fixiert das blinkende Pausenzeichen auf seiner Stereoanlage und meldet sich knapp:

„Ibele, ja bitte?" Stille antwortet ihm. „Ibele, hallo, Herr Doktor?"

Ein Räuspern, und dann: „Herr Inspektor, hier spricht Rosenzweig. Hören Sie, Herr Inspektor ..." Der Inspektor horcht angestrengt, aber es gibt nichts zu hören.

„Ich höre."

„Also, Herr Inspektor: Ich muss Sie um Verständnis bitten für mein Verhalten heute Vormittag. Das war blöd von mir. Ich habe die Nerven verloren. Sie haben mich auf dem falschen Fuß erwischt. Die Sache mit Frau Lundgren hat mich ganz durcheinander gebracht, aber von dem überwiesenen Geld weiß ich wirklich nichts. Kann ich bitte am Montag in Ruhe nochmals mit Ihnen darüber reden?" Hat er das auswendig gelernt? Oder liest er es vom Blatt? Wie will er reden über etwas, von dem er nichts weiß? „Mein Anwalt hätte um neun Uhr Zeit." Das auch noch. Ohne Anwalt geht offenbar gar nichts. Liegt das am Metier des Herrn Ästheten? Oder überhaupt am Lauf der Zeit? Ibele schätzt es überdies wenig, wenn Anwälte seine Tagesplanung übernehmen.

„Montag um neun geht leider gar nicht, Herr Rosenzweig. Wir werden uns dann am Vormittag melden und Ihnen einen Termin durchgeben."

„Aber Herr Inspektor, ich muss spätestens um halb elf vormittags am Flughafen ..."

„Nix da Flughafen!", interveniert Ibele energisch. „Sie müssen am Montag einfach nur für uns da sein, Herr Doktor. Wenn das zu viel verlangt ist, können wir Sie auch heute schon abholen und bei uns unterbringen." Das können *wir* natürlich nicht so einfach, aber wer weiß das schon. „Ich rate Ihnen dringend an, nicht noch so einen Abgang hinzulegen wie heute früh. Auch uns stehen einschneidende Maßnahmen zur Verfügung! Auf Wiederhören!" Die gemurmelten Abschiedsworte des Chirurgen überlässt Ibele dem digitalen Nirwana. Über seine *einschneidenden Maßnahmen* freut er sich spitzbübisch. Dann atmet er ein paar Mal tief durch, macht sich eine Notiz in sein stets griffbereites schwarzes Büchlein und startet die Goldberg-Variationen neu. Bald hüllt ihn auch der würzige Rauch der Virginia von Neuem ein und vermischt sich mit den feinen Duftschwaden, die aus der Küche zu ihm dringen. Im Backofen schmort seit einiger Zeit ein feistes Huhn, begleitet von nicht weniger als gut und gern vierzig Knoblauchzehen. Das ist Isidors Werk. Bald geht es ihm an den Kragen, dem Huhn.

Sonntag, 8. September 2013

XV.

Ein Sonntagvormittagskonzert zu besuchen, ist eine der angenehmeren Aufgaben, die einem Kriminalinspektor blühen können. Zudem hat der Impresario mächtig Druck gemacht, um so schnell wie möglich zur regulären Tagesordnung zurückzukehren. Ausgerechnet eine Liedermatinee mit fröhlichen Altwiener Melodien und humorigen Gstanzln steht heute auf dem Programm. Das strahlend schöne Herbstwetter tut ein Übriges, um die Geschehnisse von gestern fast vergessen zu lassen. Während ein kleines philharmonisches Ensemble Schrammelseligkeit zelebriert und eine fulminante Mezzosopranistin den *Musensohn* besingt, widmet sich Ibele der Sammlung seiner Gedanken. Aus einer kurzen Pausenbegegnung mit Herrn Nadirer hat er den Eindruck gewonnen, der erwarte sich vom Inspektor nicht allzu viel an Aufklärung, sondern wäre eher froh, wenn die Ermittlungen einfach nur und irgendwie, Hauptsache möglichst rasch, abgeschlossen werden könnten. Danach allerdings schaut es im Moment nicht aus. Selbst in der Liedauswahl findet sich für Ibele der eine oder andere Hinweis auf die einzuschlagende Richtung seiner Nachforschungen: „Heimliches Lieben" mag ebenso als Titel über seiner Arbeit stehen wie „Trost im Unglück" und „Erlaube mir, fein's Mädchen" oder gar „Die Sonne scheint nicht mehr" und „Vergebliches Ständchen"!

Selma Olafson sitzt zwei Reihen vor dem Inspektor, allein, ohne ihren Mann. Mit hoch erhobenen Händen applaudiert sie begeistert. Es hält sie kaum auf ihrem Sessel, als die letzte Zugabe verklungen ist, „Nur fest

Dudeln“, ein kühn in den Saal geschmettertes Wienerlied. Geht es hier nur um die Musik? Wäre das nicht zu einfach? Nicht nur deshalb mag Ibele nicht daran glauben. Es geht nämlich immer um viel mehr, als man glaubt und sieht oder glauben und sehen will. Meist, aber das ist eine Erkenntnis, die Ibele in aller Regel für sich behält, meist geht es um Leben oder Tod, selbst in den scheinbar harmlosesten alltäglichen Verrichtungen. Wie sehr das hier und jetzt gilt, ahnt der Inspektor nicht, als er inmitten des aus dem Saal strömenden Publikums an Frau Olafsons Seite geschwemmt wird und mit ihr ein paar Belanglosigkeiten austauscht, Gemeinplätze über die Musik, das Wetter, das wartende Mittagessen und ihren heute leicht indisponierten Ehemann.

XVI.

Indisponiert war Herr Olafson tatsächlich heute Morgen. Ein bisschen mehr allerdings als die in seinem Alter unumgänglichen nächtlichen Malaisen und ihre Nachwirkungen machte ihm zu schaffen. Die Schuld an seiner Unpässlichkeit tragen hauptsächlich die Aufregung um Violettas Tod und das ungewohnt späte und zu schwere, vor allem aber zu lange Abendessen mit dem deutschen Ehepaar, das man vorgestern kennengelernt hat und dass man nun – einer Klette gleich – nicht mehr los wird. Wenn die wenigstens nicht ununterbrochen gleichzeitig auf einen einreden würden mit ihren unsäglichen Geschichten! Die wahre Irritation jedoch besteht in etwas ganz anderem. Wegen dem bisschen Magengrimmen und Müdigkeit allein hätte Olle Olafson ein Konzert wie das am heutigen Vormittag nicht ausgelassen. Er liebt die leichte, wienerische Seite des Schubert-Franzl zu sehr, mehr als das Düstere der späten Streichquartette oder das Tragische der *Winterreise*. Von dem Zeug hat er selbst genug am Hals gehabt in den letzten Jahren. Umso lieber ist es ihm, wenn er von zarten und luftigen Melodien, von Trinkliedern und sentimentalen Liebeswalzern an seine glorreiche Zeit erinnert wird und darin den leichtlebigen Olle wiederfindet, den Champagner-Olle mit seinen Amouren und Affären. Soll das für immer vorbei sein? Muss er sich jetzt wirklich mit jedem windigen, dahergelaufenen Kerl abgeben, nur um da und dort an alte Zeiten anknüpfen zu können? Muss er so ein Konzert sausen lassen, weil einer der rüdesten Einheimischen, die ihm je über den Weg gelaufen sind, den Schlüssel zu Violettas Geheimnis in der Hand hält oder zumindest so tut, als sei das der Fall und daraus schnelles Geld machen möchte? Kompromittierend genug sind die Geschichten ja leider. Wenn Olle nur daran denkt, wie er das alles seiner Frau erklären soll, schlottern seine Knie. Gestern mitten am Nachmittag war es, da stand der Bärtige plötzlich vor ihm, droben auf der Angelika-Höhe, und wollte sich mit ihm über Frau Lundgren unterhalten. Ausgeschaut hat der nicht so, als könnte er über so eine Frau irgendetwas von Bedeutung wissen. Er ist auch sofort abgezogen, als Selma sich ihnen genähert hat. Aber bitte. Er wird sich das anschauen; er, Olle Olafson, hat schon anderen Kalibern gezeigt, wo es langgeht. Was hat man doch mit Carl Gustaf für Sachen angestellt!

„Ihr Taxi wartet, Herr Olafson!“, schreckt ihn eine Frauenstimme behutsam aus seiner Träumerei.

„Många tack, Trixi“, gibt er verschlafen zurück, erhebt sich ächzend von seinem Sessel und verlässt, auf seinen edlen Stock gestützt, das gastliche Haus. Das Taxi ist ein knallroter VW-Bus. Der Chauffeur scheint arg übernächtig zu sein, blass und schmächtig sitzt er am Steuer. Bei der Nennung des Fahrtzieles *Bersbucher Bahnhof* macht er ein langes Gesicht. Für sein Geschäft sind die knapp drei Kilometer Fahrt natürlich kein besonderer Gewinn, für Herrn Olafsons Beine aber eine wesentliche Entlastung. Wortlos verläuft die kurze Passage, aus dem Dorf hinaus, hinunter zur Achbrücke und wieder hinauf zur Haltestelle. Die doppelte Umrundung des dortigen Kreisverkehrs schreibt Olafson der offenbar chronischen Überlastung des noch jungen Mannes zu. Außerdem ist er selbst ob des Kommenden so in Gedanken versunken und nervös, dass ihm die Ehrenrunde kaum auffällt. Nur der aus Richtung Hinterwald heranpreschende Automobilist quittiert die Aktion mit der bekannten Zeigefinger-an-die-

Stirn-Geste. Das wiederum beantwortet der Taxler mit einigen kraftlos vor sich hin gemurmelten unschönen Worten und resigniertem Kopfschütteln. Schon steht Herr Olafson vor dem hölzernen Stationsgebäude der Museumsbahn. Er schaut etwas ratlos hinauf nach Schwarzenberg, von wo es halb zwölf Uhr schlägt. Da braust von links ein kleiner Jeep heran und kommt keinen halben Meter vor ihm zu stehen. Winkend fordert ihn der Fahrer auf, einzusteigen. Es ist der Typ von gestern; jetzt ist Olle wirklich neugierig. Nur dürfte der hier dasselbe Problem mit dem Reden haben wie der Taxifahrer. Wortlos nimmt er die Fahrt auf und rast talauswärts. Olafson sieht sich in dem engen Wagen um, so gut es geht. Staub, Abfall auf dem Boden, kaputtes Werkzeug liegt überall, ein leerer Benzinkanister rumpelt im Laderaum, zwei riesige Kuhglocken scheppern. Auf der hinteren Sitzbank fällt Olle ein Plastiksack auf, aus dem eine pelzverbrämte Mütze ragt. Kopfzerbrechen bereitet ihm das nicht. Noch nicht.

„Wohin geht die Reise?“, erkundigt er sich so harmlos wie möglich, denn zu spaßen ist mit dem müffelnden Zeitgenossen allem Anschein nach nicht.

„Wart nur ab, Schwede!“, kommt es schroff. Über solche Abfuhr kann sich der betagte Herr nur wundern. Was hat ihm Violetta da noch schnell eingebrockt? Hätte er sie diesmal doch zuhause in Stockholm lassen sollen? Schon Violettas eigenständige verfrühte Anreise und die wiederholten Ausflüge ins Rheintal haben Herrn Olafson nicht gefallen; erst recht nicht das Techtelmechtel mit dem Cellokünstler und die Art und Weise, wie sie um den Zampano herumgeschwänzelt ist. Auch die so furchtbar dringenden Termine mit diesen kahlrasierten Sportsleuten hätte es nicht gebraucht, findet Olle. Herausgekommen ist so oder so nichts Brauchbares. Gleich wird er dem unfreundlichen Kerl neben ihm gehörig auf die Finger klopfen!

Den neuen Kreisverkehr in Egg passiert der Fahrer praktisch in der Direttissima. Dass dabei der Wagen über die Begrenzungssteine hüpft wie ein Ziegenbock, kümmert ihn wenig. Noch weniger alles, was außerhalb des Autos kreucht und fleucht: die vor dem Schutzweg wartenden Schulkinder, der seines Vorrangs beraubte Fahrschüler samt Fahrlehrer oder gar die von den Reifen zermalmten Blumen. Die Steigung hinauf nach Großdorf nimmt er im höchsten Drehzahlbereich und biegt am Ortsende abrupt nach rechts in eine enge Seitenstraße ein, die sich ein Bächlein entlang aufwärts schlängelt. Einen winzigen Weiler samt einem turnhallengroßen Stall passiert er achtlos, kurz darauf geht die Straße in eine Naturpiste über. Es rumpelt und pumpelt wie im Bauch eines Wals. Olle Olafson wird nun entschieden ungeduldig. Er ist es nicht gewohnt, so planlos in der Gegend herumkutschiert zu werden. Er ist einer, der den Ton angegeben hat, sein ganzes luxuriöses und herrschaftliches Leben lang. Mit der Rechten umklammert er fest den elfenbeinernen Knauf des Gehstocks.

Nach ein paar hundert Metern auf der Schotterpiste, die rechts von steil ansteigenden sumpfigen Wiesen mit weidendem Vieh und links von einem bald dicht an den Weg heranreichenden Tannenwald flankiert ist, biegt der Fahrer unvermittelt in den Wald ein und hält nach wenigen Metern unter dem ausladenden Geäst einer Tanne an. Es ist, Herr Olafson ahnt nichts davon, ein geschichtsträchtiger Ort, den sich der Halbirre für seinen Auftritt ausgesucht hat: die *Rote Egg*. Hier soll vor Jahrhunderten eine Meute von Bregenzerwälderinnen die heranrückende schwedische Armee in die Flucht geschlagen haben. In Wahrheit wird es wohl keine Armee gewesen sein, eher ein armseliges Häuflein versprengter Halunken, die, von Heimweh und Hunger getrieben, in dem unwegsamen Gelände nach Orientierung gesucht haben. Die Erde hier ist schwedenblutgetränkt, wenn man der Sage glauben will, was man hierzulande ausgesprochen willfährig tut.

„Aussteigen!“, knurrt der Fahrer und hievt sich schwerfällig von seinem Sitz ins Freie. Herr Olafson steigt ebenfalls aus, nicht um zu gehorchen, sondern um die rätselhafte Sache mit dem Unbekannten möglichst schnell zu Ende zu bringen. Dass die Sache seine letzte sein könnte, das zieht er allerdings nicht ins Kalkül. Der übliche Fehler! Das Sitzen in dem engen Auto hat seine Gelenke steif werden lassen, so tut er ein paar Schritte auf dem weichen Grund, streckt sich. Um das Gleichgewicht besser zu halten, während er die Knie abwechselnd streckt und beugt, stützt er sich mit einer Hand an der mächtigen Tanne ab. Der unheimliche Begleiter ist nicht zu sehen, wie vom Waldboden verschluckt. Zu hören ist auch nichts außer dem leisen Gebimmel der Kuhglocken. Müde setzt sich der alte Mann ins weiche Moos am Fuß der Tanne. Für einen Moment vergisst Herr Olafson die Umstände seines Hierseins und überlässt sich der idyllischen Ruhe. Ist er gar eingenickt? Das nächste und zugleich letzte, was in sein Bewusstsein dringt, ist ein unangenehmes Zerren und Kratzen am Hals, begleitet vom erfolglosen Versuch, Luft zu holen. Dabei täte genau das jetzt not, und wie! Über seine Augen hängt etwas Pelziges, als wäre er einer jener englischen Wachsoldaten, die unter ihrer Bärenfellmütze kaum mehr etwas von der Welt sehen. Darin zumindest wird ihnen Olle Olafson immer ähnlicher, nur mit der Wachheit nimmt es rapide ab. Seine ohnehin schwache Gegenwehr erlischt nach wenigen Minuten gänzlich. Er atmet nicht mehr, sein Herz hat aufgehört zu schlagen, alle Kraft, aller Wille und alles Leben sind aus ihm gewichen. Olle Olafson ist tot, mausetot.

Reglos und schwer keuchend steht der Unbekannte vor seinem Opfer, als wäre er es, dem man die Kehle zugeschnürt hat. In der Hand hält er ein Paar filigraner Damenschuhe mit einer großen silbernen Schnalle. Aus einigen Schritten Entfernung mustert er den Toten einen Moment, dann legt er ihn behutsam der Länge nach unter den Baum, rückt die Pelzkappe zurecht und ordnet das um den mageren Hals geschlungene Band penibel genau. Der Lärm eines sich nähernden Mopeds scheucht ihn tiefer in den Wald, wo er sich hinter einem Baum bäuchlings niederwirft. Was will der Typ an diesem gottverlassenen Ort? Darf es wahr sein, dass er ausgerechnet hier und jetzt pinkeln muss? Keine drei Schritte von der Leiche entfernt? Natürlich tritt er ihr beinahe auf die Füße. All das beobachtet der Mörder mit zunehmender Nervosität. Der Idiot wird ihm seine Abrechnung nicht vermasseln! Wozu muss er den Toten von allen Seiten beäugen, als würde ihn das lebendig machen? Kurz bevor der Ungeduldige aufspringt, um dem Neugierigen den Schädel einzuschlagen, zieht der ab, rennt zu seinem Moped und braust davon, so schnell es das Motörlein erlaubt.

Wieder steht der Mörder vor dem Toten, andächtig möchte man es nennen. Er nimmt dem Verblichenen die derben Bergschuhe ab und streift Damenpantöffelchen über die dürren Greisenfüße. Die Sorgfalt, mit der das geschieht, zeugt von großer innerer Bewegung. Hier geht es um weit mehr als um Maskerade.

Von Ferne drängt sich das näherkommende Geräusch eines Motors in die Andacht des nunmehr Besänftigten. Jetzt hält ihn nichts mehr – mit einem wiederum unschönen Fluch, der alle Weiber und die Mutter im Speziellen in die Hölle verwünscht, jagt er seinen Jeep in dieselbe Richtung wie vor ein paar Minuten der Pinkler sein Moped talaufwärts.

XVII.

„Nein, Ihr Mann ist nicht da, gnädige Frau, er ist vor etwa einer Stunde mit dem Taxi abgeholt worden." Diese Auskunft des Oberkellners stellt Frau Olafson vor ein Rätsel. Es war doch ausgemacht, sich nach dem Konzert zum Essen im Garten des *Hirschen* zu treffen. Er sei sicher um ein Uhr da, hat Olle versprochen, und werde einstweilen in Ruhe einen Aperitif trinken, sie möge sich ruhig Zeit lassen.

„Er ist einfach so abgefahren und hat wirklich keine Nachricht für mich hinterlassen?", fragt Frau Olafson ungläubig nach.

„Nicht dass ich wüsste, gnädige Frau, hier jedenfalls nicht. Vielleicht weiß die Annelies mehr. Oder soll ich jemanden ins Zimmer nachsehen schicken?"

„Danke, das tue ich schon selbst." Energisch, aber doch deutlich verunsichert, begibt sich Frau Olafson in ihre noble Suite und sucht die beiden Räume sowie das Badezimmer ab. Nicht so sehr nach ihrem Mann – dass der nicht da ist, zeigt ein Blick – aber nach Spuren seiner Abwesenheit. Nur ergibt die Nachschau fast nichts. Oder doch: Herr Olafson hat seine festen Schuhe angezogen, halbhohe lederne Wanderstiefel mit einer stabilen Profilsohle, dazu seine Spazierkleider: eine englische Knickerbocker-Hose aus feinem Tweedstoff mit passendem Sakko, einen von seinen Kaschmirpullovern und eines der unvermeidlichen aprikosenfarbenen Polohemden. Aber wohin und wozu ist er aufgebrochen, ohne jemandem etwas zu sagen? Das ist sonst nicht Olles Art; legt er doch in der Regel ausnehmend viel Wert darauf, seine Unternehmungen bekannt zu machen. Leider, wie sich seine Frau seufzend eingesteht, denn oftmals ist die Anhänglichkeit ihres Gatten anstrengend, weil sie im Grunde nichts anderes ist als die verkappte Attitüde des Besitzers. Als Eigentum ihres Mannes hat sich die hochwohlgeborene Baronesse jedoch nie gesehen. Dagegen rebelliert alles in ihr entschieden, nicht allein das blaue Blut. Im Gegenteil, wenn hier jemand in der Schuld des andern steht, dann ist es der gute Olle. Aber verschwinden muss er deswegen auch nicht gleich. Ans Mittagessen ist nicht mehr zu denken. Der Hirschenwirt muss her, der ist ein Praktiker und um einen guten Rat sicher nicht verlegen.

„Was war das für ein Taxi, mit dem Herr Olle weggefahren ist?“, erkundigt er sich bei der Chefrezeptionistin, einer hageren Dame mittleren Alters von ausgesprochen strenger Freundlichkeit.

„Was glaubst du, Franz? Derselbe wie immer, der Bolter, der ewige Jammerfritz“, sagt die altgediente Annelies mit betont abschätziger Miene.

„Geh, ruf ihn bitte an und frag, wo er den Herrn Olle hingebracht hat!“ Der Hirschenwirt fasst Frau Olafson sanft am Arm und führt sie in die um diese Stunde leere Bar, einen großen Raum, zugleich Kaminzimmer und Bibliothek. Eigenhändig schenkt er ihr und sich selbst aus einer geschliffenen Karaffe goldgelben Whiskey ein, gibt Eiswürfel dazu und trägt die Gläser zu einem abseits stehenden Tischchen.

„Trinken Sie einen Schluck, Frau Gräfin, das tut Ihnen gut. Gleich wird sich alles klären!“ Und tatsächlich steht da schon Annelies vor ihnen und berichtet mit einem scheelen Blick auf die Whiskeygläser:

„Nach Bersbuch hinüber sind sie. Dort ist Herr Olle am alten Bahnhof ausgestiegen und der Bolter zur Abholung seiner nächsten Fuhre gleich weiter nach Bezau hinein gefahren.“

„Sonst weiß er nichts? Haben sie nicht geredet miteinander, er und Herr Olafson?“

„Meine Güte, Chef, das weißt du doch, der Bolter und reden, das ist so wie blind sein und fernsehen. Und wenn er redet, dann jammert er eh nur jedem die Hucke voll mit der immergleichen Geschichte! Grad vorhin am Telefon wollte er wieder anfangen. Ich habe ihm gesagt, er soll sich einfach einen anderen Job suchen!“

„Ist schon recht, Annelies, danke.“ Viel Information ist das allerdings nicht, da hilft auch kein Whiskey. Der Wirt steht auf, fährt sich aus purer Verlegenheit ordnend durch das schüttere Haar und streicht das noble Hemd über der kleinen Wölbung seines Bauches glatt.

„Warten Sie bitte einen Augenblick, Frau Olafson, ich habe vorhin den Inspektor draußen auf dem Platz gesehen, den fragen wir, was jetzt zu tun ist. Ich bin gleich wieder da.“

Ibele steht tatsächlich vor den hirschbühlschen Schaufenstern und bewundert die Kleider, Jacken und Schals aus der norwegischen Kollektion. Was das für Farben sind! Sicher ist etwas für das Rösle dabei, ein Hochzeitstagsüberraschungsgeschenk; weil das Beste gerade gut genug ist für die traute Gattin! Als er sich anschickt, die wenigen Stufen ins Geschäft hinaufzusteigen, hört er eine heisere Stimme seinen Namen rufen: „Herr Ibele, hallo!“ Der Angerufene dreht sich um und sieht den Hirschenwirt im Galopp auf sich zukommen. Das Laufen scheint nicht die Stärke des Gastronomen zu sein. Dafür jedoch hat Ibele viel Verständnis: Schon zu seiner eigenen Schulzeit, lang lang ist’s her, brachten ihm die 60-Meter-Läufe neben miserablen Ergebnissen – so um die fünfzehn Sekunden war er unterwegs, wo andere fast doppelt so schnell ins Ziel gelangten – vorwiegend Spott und Hohn seiner Mitschüler ein. Sogar der alte Turnlehrer quittierte Isidors Laufstil stets mit einem süffisant-mitleidigen, ganz und gar unpädagogischen Lächeln. Noch schlimmer war aber, à propos Schubertiade!, das Musikfräulein. Die hat ihm, trotz seiner sich ankündigenden formidablen Bassstimme, das Mitsingen kurzerhand verboten und ihm das Singen damit für alle Zeiten verleidet! Dafür war sie schön wie Grace Kelly! Als Ikone im hellblauen, sonnengelb eingefassten Kleidchen hat sie sich unvergänglich in Klein-Isidors Gedächtnis verewigt! Aber zurück zum Hirschenwirt: Atemlos schildert er dem Inspektor den Sachverhalt, mit dem dieser vorerst wenig anfangen kann. Zuerst muss er den Inhalt der Schaufenster aus seinem Bewusstsein ausblenden; umso mehr, als eine junge Schuhmacherin die Anwesenheit des internationalen Publikums nutzt, um ihre handgemachten Modelle zu präsentieren. Da fühlt Ibele sich angesprochen und notiert die Dornbirner Adresse der Manufaktur in sein schwarzledernes Büchlein.

„Den Taxifahrer will ich haben", verlangt er nach einer kurzen Pause.

„Das wird nicht einfach sein. Der Kerl ist ein bisschen schwierig", gibt sich der Hotelier ungewohnt zaghaft.

„Ich will ihn trotzdem haben, und zwar so schnell wie möglich. Er kann uns sicher etwas über seine Fahrt erzählen."

„Wenn der etwas erzählt, dann von seiner schrecklichen Arbeit. Der kann Ihnen stundenlang über seine Misere vorschwafeln. Leicht hat er es aber auch wirklich nicht."

„Wer hat's schon leicht?", entgegnet Ibele mehr kryptisch als empathisch und zieht den Wirt mit sich Richtung *Hirschen*.

„Ja, das ist auch wieder wahr. Wir rufen ihn gleich an!“ Den Eindruck, es leicht zu haben, möchte nicht einmal der Hirschenwirt vermitteln. So fällt sein Auftrag an Annelies noch um einige Grade barscher aus als sonst, was diese mit erstaunlicher Gelassenheit hinnimmt. Der Taxler sei soeben unterwegs ins Dorf und in zehn Minuten zur Stelle, lautet gleich darauf ihre knappe Auskunft. Die versteckte, in schärfste Höflichkeit verpackte Aussage lautet jedoch, dass man sich in dem ganzen Durcheinander rundum nur auf eine Person wirklich verlassen könne, eben auf Frau Annelies. Die aber, weil der Welten Lohn bekanntlich Undank ist, hat längst alle Hoffnung fahren lassen, je einmal adäquat gewürdigt zu werden. Sicher nicht von einem *Ungspürigen* wie ihrem Boss oder diesem Inspektor aus der Stadt. Wenn wenigstens einer aus der Riege der hochkultivierten und geldschweren Gäste das Potenzial von Annelieses Reizen erkannt hätte! Allzu langsam vergeht dem Inspektor die Wartezeit an der Seite der noch schweigsamer gewordenen Frau Olafson, umso mehr, da er den angebotenen Whiskey ausgeschlagen hat. Dienst ist Dienst.

„Dürfte ich in der Zwischenzeit einen Blick in Ihr Zimmer werfen, Frau Olafson?“, erkundigt sich der Inspektor. Wenigstens etwas vom Geist, von der Atmosphäre, in der sich diese Menschen bewegen, möchte Ibele aufschnappen. Wer weiß, vielleicht lässt sich der eine oder andere Schluss daraus ziehen oder eine Spur finden. Die alte Dame nickt.

„Ich werde Sie begleiten, wenn ich darf“, bietet der Wirt an. Da spricht nichts dagegen.

„Wissen Sie ... übrigens: Ich bin der Franz!“

„Und ich der Isidor“, schaltet der Inspektor für seine Verhältnisse ungewöhnlich spontan.

„Weißt du, die Olafsons wohnen in der König-Max-Suite.“ Noch ist das für den Inspektor unbekanntes Terrain. Franz dirigiert den Inspektor über eine gewundene Holztreppe in den ersten Stock und öffnet die holzgetäfelte Tür zu einem wahrlich erlesenen Gemach von überraschend großzügiger Dimension. Alles ist hier aus Holz: Boden, Wand, Decke. Ibele staunt. Durch das offene Fenster dringt das Plätschern des Dorfbrunnens. Eine Hochglanzidylle aus dem vorvorigen Jahrhundert. Nur aufgeräumt hat Olle nicht mehr so richtig vor seinem Abgang.

„In diesem Zimmer bin ich zur Welt gekommen, dort drüben in genau dem Bett!“ – mit diesen Worten gelingt dem Wirt die erwartete Überraschung. „Wir haben vor zwei Jahren den Großteil der historischen Möbel wieder hier aufgestellt und sogar das Deckenbild restauriert!“ Ob Ibele will oder nicht, sein Blick wird von Franz' Hand nach oben gelenkt. „Einer aus der großen Thumb-Dynastie hat es gemalt, Gabriel Ignaz, genannt der Schnapsnasenmaler“, erläutert der stolze Gastwirt.

„Mensch, Franz“, entfährt es Ibele, „das ist echt ein Schmuckstück hier, aber ...“

„... und lauter Originale, schau doch!“ Der Hirschenwirt ist noch nicht am Ende seiner Führung: „Die Stoffe kommen aus den besten Werkstätten, sündteuer natürlich, aber wunderschön, oder?“ Jetzt rückt sogar dem nüchternen Kriminalisten für einen Moment der eigentliche Zweck seines Hierseins in den Hintergrund. Das Bild vom Rösle, dem es hier sicher gefallen würde, legt sich unwiderstehlich über die olafsonsche Misere; allerdings nur kurz. Dann setzt der Inspektor definitiv seine Dienstbrille auf und mustert sorgfältig alle halbwegs persönlichen Spuren der Schubertianer. Viel Relevantes ist nicht dabei, doch ein orangerotes Notizbuch mit etlichen eingelegten und eingeklebten Zetteln steckt er in ein Plastiksäcklein und klemmt es sich unter den Arm.

„Der Bolter ist da, Isidor“, meldet der aus dem Fenster schauende Wirt.

„Gut, gehen wir hinunter, Franz, mal sehen, was der alles weiß“, entgegnet Ibele, nachdem er einen Blick aus dem Fenster geworfen hat und eben noch sieht, wie der großgewachsene, hagere Taxler mit zwei, drei mächtigen Sätzen die Stiege zum *Hirschen*eingang hinaufstürmt. „Also, Herr Bolter, schildern Sie uns bitte die Fahrt mit Herrn Olafson so genau wie möglich!“, fordert Ibele das in sich zusammengesunkene Häuflein Mensch auf, welches bereits in einem der tiefen Fauteuils der *Hirschen*-Bar Platz genommen hat und fast darin verschwindet. Seltsam, aber nicht ungewöhnlich, wie Bolter an Nimbus und Gewicht verliert, sobald er aus seinem Auto steigt.

„Ich bin die ganze Nacht ...“, hebt der Chauffeur an.

„Nein, die ganze Nacht brauchen Sie uns nicht zu erzählen! Nur die Fahrt nach Bersbuch!“ Schnell hat Ibele durchschaut, womit er es zu tun hat: mit einem Jammerer, mit einem, der lieber vor aller Welt sein Elend ausbreiten möchte, als ein Jota daran zu ändern. Bolter straft den Inspektor mit einem echten Hundeblick, dem Blick einer gequälten Kreatur.

„Was soll ich sagen? Die paar Meter da hinüber hätte der Herr auch zu Fuß gehen können. Für so etwas nimmt man doch kein Taxi! Aber wenn sie zum Flughafen müssen, dann ruft mich niemand, da machen sie lieber Autostopp!“

„Herr Bolter, wir wissen, dass Sie es schwer haben, aber bitte bleiben Sie beim Thema! Was war mit Herrn

Olafson?“ Auf keinen Fall will Ibele hier eine Psychotherapiesitzung abhalten, denn eigentlich stünde zur Stunde sein Mittagessen in Engelberts *Adler* auf dem Programm.

„Schauen Sie, Herr Inspektor“, hebt Bolter endlich an, nachdem auch der Wirt Signale von zunehmender Ungeduld aussendet, „wir sind nur nach Bersbuch gefahren, das dauert vielleicht höchstens fünf Minuten. Geredet hat der Herr nicht mit mir. Am Bahnhof ist er ausgestiegen und ich bin Richtung Bezau hinein gefahren, zur Post, um die nächste Fuhre zu laden.“ Punkt. *Die nächste Fuhre zu laden* – nicht einmal seine Vergangenheit als Fahrer von Kiestransporten hat der gute Bolter wirklich verarbeitet!

„Sie haben natürlich nicht gesehen, was Herr Olafson dann getan hat? Haben Sie wenigstens irgendetwas beobachtet, auf der Straße vielleicht, was auffällig gewesen wäre? Ist Ihnen jemand nachgefahren?“ Bolter und etwas beobachten, das sich außerhalb von seinem Taxi abspielt: Das ist so, als verlangte man von einem eingefleischten Junggesellen Interesse für Familienpolitik. Hoffnungslos, aber einen letzten Versuch ist es wert.

„Nein, ich sage es Ihnen doch. Der Mann ist eingestiegen, stumm mitgefahren und ausgestiegen. Ich habe umgedreht und er ist am Bahnhof gestanden. Ein bisschen komisch angezogen war er. Aber geht mich das etwas an? Und dann ... Ja richtig, dort beim Kreisverkehr, da hat mir einer den Vogel gezeigt. Warum weiß ich nicht, einer mit einem weißen Kärrelchen. Dass man mit so etwas überhaupt fahren darf! Ich muss jedes Jahr den neuesten sündteuren Bus kaufen, weil sonst ...“

„Herr Bolter, was war mit dem weißen Auto? Was war das für eine Marke?“

„Das weiß ich nicht, irgendwie weiß und schwarz, so ein japanischer Schrott wahrscheinlich. Komisch war nur, dass er ein paar Minuten später, als ich auf dem Weg nach Bezau dort vorbeigefahren bin, auf dem Parkplatz vom Kleiderbügelwerk gestanden ist. Nein, nicht gestanden, er ist mit vollem Karacho vom Parkplatz auf die Straße herausgeschossen mit seinem kleinen Geländewagen und wieder Richtung Bersbuch gefahren. Um ein Haar hätte er mich gerammt, der Irre. Eine Dornbirner Nummer war es, jetzt fällt es mir wieder ein. *DO* wie *Doofkopf* habe ich mir nämlich gedacht!"

„Na bravo!", gratuliert der Inspektor und schenkt dem vor sich hin Stierenden einen aufmunternden Blick. Auch der Wirt erhebt sich erleichtert und macht sich, Ibeles Arm sanft berührend und eine Entschuldigung murmelnd, in Richtung Restaurant davon. Kurz darauf kehrt er mit Mineralwasser und Gläsern zurück. Vielleicht hat der geheimnisvolle Fahrer am Kreisverkehr Herrn Olafsons Ankunft erwartet und dann, auf dem Parkplatz versteckt, die erste Chance ergriffen, ihn unbeobachtet zu sich ins Auto zu holen. Aber wozu? Soll Ibele eine Fahndung nach dem Auto starten? Ist das nicht die Suche nach der Stecknadel im Heuhaufen? Einfach nur warten ist natürlich auch keine Lösung, nicht nur in Anbetracht von Frau Olafsons aufgelöstem Zustand. Natürlich hat ihr Gatte ein Mobiltelefon, er nimmt es jedoch nie mit sich. Für die Kommunikation war stets Frau Lundgren zuständig. Im Übrigen ist dieses Telefon vermutlich mit den restlichen Sachen aus dem Zimmer der Toten nach Feldkirch gewandert. Vor morgen früh wird also vermutlich nichts über Herrn Olafsons Kontakte zu erfahren sein.

Bevor es für das Mittagessen im *Adler* zu spät ist, entlässt Ibele den Taxler und verabschiedet sich von

Frau Olafson mit dem Versprechen, alles Nötige zur Auffindung ihres Gatten in die Wege zu leiten und sich in einer oder zwei Stunden wieder bei ihr zu melden. Die Ankündigung, dass sie aber um sechzehn Uhr ins Konzert gehe, verblüfft den Inspektor dann doch einigermaßen. Er bittet sie, in diesem Fall ihr Telefon mitzunehmen, was wiederum die alte Dame recht ratlos macht. Bevor sie einen Einwand zu formulieren vermag, ist Ibele bereits durch den langen Flur entflohen – in den sonnigen Sonntagmittag und an sein reserviertes Tischchen in einer der *Adler*-Stuben zu einem höchst kulinarischen Intermezzo.

XVIII.

Tatütata, na hallo! Ganz etwas Neues! Statt wie jeder andere Mensch instinktiv ein paar Schritte zurück zu tun und sich vor den beiden heranpreschenden Einsatzwagen der Polizei in Sicherheit zu bringen, lehnt sich das eh schon halb in der Straße stehende schmerbäuchige Männlein noch weiter vor, die Hände tief und fest in den Hosentaschen vergraben. Man könnte meinen, er sei angewachsen vor seinem Haus, so verlässlich steht er von morgens bis abends da und schaut, was es so zu schauen gibt. Das ist im Normalfall herzlich wenig. Die üblichen Pendler, die vom hintersten Weiler des weit verstreuten Dorfes zur Arbeit fahren oder spätnachmittags zurückkommen, Mountainbiker, Wanderer, Traktoren, die Lastwagen des weiter drinnen ansässigen Frächters, im Winter dann und wann der Schneepflug. Was zum Teufel ist heute los? Zuerst der Jeep, der ihn fast über den Haufen gefahren hätte, und jetzt die Polizei mit Blaulicht, der Gemeindearzt mit seinem Maserati und, wenn er richtig gesehen hat, der Wagen des Bestatters! Schon der Jeep war seltsam. Noch nie zuvor hat er ihn hier gesehen, und die beiden Männer darin auch nicht. Obwohl er nur den Beifahrer halbwegs deutlich erkennen konnte, ein alter Mann ist es gewesen. Ist drüben am Sieban jemand gestorben? Die uralte Annkathrin vielleicht, über hundert ist sie schon, der Herrgott hat sie wohl vergessen! Wozu aber bräuchte es da die Polizei? Zu guter Letzt tuckert noch ein blitzblanker blauer Volkswagen heran, bleibt sogar stehen. Das Fenster auf der Beifahrerseite öffnet sich. Ein freundlicher Herr stellt sich vor, der Beobachter versteht nicht viel, irgendetwas wie Bibel oder so, mit der hat er allerdings nichts am Hut. Trotzdem steigt er ohne lange Umstände ein, als er dazu aufgefordert wird, klopft vorher sogar den Schmutz von seinen Holzschuhen, nachdem er einen Blick in das ehrfurchtgebietend saubere Innere des Wagens geworfen hat. Ah, *Ibele*, und Inspektor noch dazu! Was denn heute Mittag los sei, fragt der Fahrgast irritiert nach; hat doch sonst er den Überblick, zumindest über die paar Hundert Meter Gemeindestraße links und rechts von seiner Behausung. Einen Toten habe man gefunden vor einer halben Stunde, ausgerechnet an der Roten Egg, gibt der Inspektor Auskunft, ermordet höchstwahrscheinlich.

Rot-weiße Absperrbänder weisen auf den Tatort hin. Ibele bittet seinen Fahrgast, kurz im Auto zu warten, und steigt aus. Einen der herumstehenden Polizisten weist er an, das knappe Dutzend barfüßiger und rotznasiger Kinder, das sich an der Absperrung drängt, wieder nach Hause zu schicken. Von der Straße aus einsehbar liegt der Tote. Ja, es ist Herr Olafson. Aber was hat das zu bedeuten? Am Fuß einer mächtigen Tanne liegt er mitten in einem dichten Moospolster auf dem Rücken, Arme und Beine gerade von sich gestreckt, als sei er beim Sonnenbad eingeschlafen. Seine extravagante Kleidung verstärkt den Eindruck, es mit einem künstlichen oder auch künstlerischen Arrangement zu tun zu haben. Ibeles Blick wandert von den filigranen Schühchen zu den ledernen Gamaschen, die um Olafsons Knöchel gewickelt sind, aufwärts, über die wollenen Kniestrümpfe und die Knickerbockerhose zum verrutschten Pullover, unter dem ein gelbes Hemd zum Vorschein kommt. Das Sakko hängt zu beiden Seiten des mageren Körpers herab, die greisenhaften Gesichtszüge spiegeln Entsetzen und Zorn. Um mehr zu erkennen, muss Ibele näher an die Leiche heran. Auf dem Kopf sitzt eine glänzende Kappe, eine große, runde Fellmütze. Aber das ist doch …? Ja, es ist die sogenannte Brämenkappe der Wäldertracht. Ein teures Stück, aus Zobelpelz oder Seehundfell gefertigt. Der typische grüne Samt, der sie nach oben abschließt, hebt sich kaum vom Waldboden ab. Wie kommt Herr Olafson dazu? Der Arzt, zuvor über den Toten gebeugt, steht auf. Er schüttelt Ibele die Hand, wobei *schütteln* das einzig richtige Wort dafür ist – und dabei noch eine Untertreibung: Er drückt sie nicht, sondern schüttelt, ja beutelt sie. Sobald er glaubt, Ibele ausgiebig genug begrüßt zu haben, zeigt er mit einer nunmehr umso starreren Geste auf den Hals des Toten. Der ist mit einem schwarzen Spitzenband mehrfach und eng, allzu eng umwickelt.

„Erwürgt hat man ihn, mit einem besonders schönen Halsband. Es muss von einer Wäldertracht stammen, auch die Mütze und die Schuhe."

Gefunden hat den unglücklichen Schubertianer ein verspäteter Kirchgänger, der mit dem Moped unterwegs zu seinem abgelegenen Hof war. Just an dieser Stelle, wo der Wald dichter zu werden beginnt, ist er stehengeblieben, um einem dringenden Bedürfnis nachzugeben. Nun sitzt der Mann bleich auf einem Baumstumpf. Er wird sich mit dem Harz den guten Anzug verderben. Er hat auch die Polizei verständigt, allerdings von zu Hause aus, denn Mobiltelefon hat er keines. Ob er also von dem Toten weg nach Hause und dann wieder zurück an den Tatort gefahren ist, will Ibele wissen.

„Ja, Inspektor, was hätte ich denn tun sollen? Tot war er eh schon, und es ist nicht weit bis zu mir, ein paar Minuten nur. Wissen Sie, was komisch ist?" Ibele weiß es nicht, wird es aber gleich erfahren.

„Der hat sicher keine Kappe aufgehabt, als ich ihn zuerst gesehen habe. Er ist auch mehr am Baum gelehnt als so, wie er jetzt ist. Nur der Bändel war schon um den Hals. Wie ich dann von daheim zurückgekommen bin, ist er so dagelegen, mit dem Ding auf dem Kopf." Verstehen tut der Mann das offenbar nicht. Wie sollte er auch!

„Sie haben nichts Ungewöhnliches gesehen hier? Ein Auto vielleicht, einen anderen Menschen, oder etwas gehört?" Weit könnte der Mörder nicht gekommen sein seither.

„Doch, doch! Auf dem Rückweg von daheim hierher ist mir gleich da drüben ein Geländewagen begegnet, ein eher kleiner, schwarz, glaube ich. Ich habe mich gewundert, weil er taleinwärts gefahren ist, da geht es dann bald nicht mehr weiter, außer du nimmst den Weg zum Fallenden Bach hinauf. Aber wer kennt den schon außer den Einheimischen? Von dort führt die Straße auf der Schattenseite Richtung Schetteregg hinein und zu allen möglichen Vorsäßhütten. Herr Jesus Barmherzigkeit!" Er bekreuzigt sich und hält seinen Auftritt für beendet.

Ibele wartet das Eintreffen der Spurensicherung ab. Das dauert wider Erwarten so lange, dass das abrupt unterbrochene Mittagessen im *Adler* definitiv für beendet erklärt werden muss. *Verfahren* haben sich die Kollegen. Und wer ist schuld daran? Natürlich das Navigationsgerät. Du musst dich wundern, denkt sich der Inspektor, wie selbstverständlich es noch vor fünf oder zehn Jahren gewesen ist, nach einem Blick auf die Straßenkarte und ins Gelände oder, wenn es denn anders nicht gegangen ist, in den Himmel, jeden noch so versteckten Ort ohne großes Getue zielsicher anzusteuern. Kaum sind die kleinen Kisten in jeder Spießbürgerkarre montiert, beginnt das große Hin und Her ohne Plan und Überblick. So ist der Nachmittag bereits weit fortgeschritten, als an der Roten Egg wieder Ruhe einkehrt. Frieden scheint diesem verhexten Platz der Kampf der Wälderinnen gegen die schwedischen Marodeure nicht gebracht zu haben. Die Betreuung von Frau Olafson überlässt Ibele einstweilen getrost den Leuten im *Hirschen*. Er wird sich morgen, nach der Auswertung der Tatortspuren, wieder um die Dame kümmern. Mit Fragen, die ihren toten Gemahl betreffen, will er ihr heute nicht mehr kommen. Umso weniger, als diese Fragen nicht dazu angetan sein werden, ihr zu behagen. Fragen zu Herrn Olafsons Schwarzenberger Umtrieben, zu seinen dominierenden Interessen und zu diversen Schwächen. Den bei der Anfahrt aufgelesenen Beobachter-Troll hat er bald wieder nach Hause geschickt. Keinerlei brauchbare Information war von ihm zu erhalten. Wenigstens ergab seine Schilderung des verdächtigen Autos nach langem Stöbern im eigenartig schwammigen Gedächtnis des Kerls eine gewisse Übereinstimmung mit den Angaben des Pinklers. Zusammen mit Bolters Angaben kann von einem weißschwarzen, ziemlich klapprigen Jeep mit Dornbirner Kennzeichen ausgegangen werden, in dem der Mörder unterwegs ist.

Ohne Hunger oder auch nur Appetit kehrt Ibele nach Bregenz zurück; auch kein Oberstadtspaziergang hilft heute, ebenso wenig wie eine Goldbergvariation. Keine noch so erhabene Ablenkung von den jüngsten dramatischen Ereignissen will sich Isidor gewähren. Nur ein Gläschen original belgischen Genever, aus dem unversehens zwei werden, lässt er zu, dann noch ein drittes, um mit Rösle anzustoßen. Danach sind Violetta Lundgren und Olle Olafson so weit unter Kontrolle, dass auch die von allerhand Schatten bevölkerte Stiege hinauf ins eheliche Schlafzimmer Ibeles Müdigkeit nichts mehr entgegenzusetzen hat.

Montag, 9. September 2013

XIX.

Die Kaltschnauzen gilt es zurückzuweisen,
sie sind die schlimmsten.
Botho Strauß

Montagmorgen: Chefinspektor Ibele schätzt ihn sehr. Nicht einmal die beträchtlichen Altlasten der vergangenen Tage können ihm das Gefühl vermiesen, in etwas Neues zu starten. Dazu trägt die frische Herbstluft, die seinen morgendlichen Gang ins Kommando begleitet, das ihre bei, oder der Gruß des über und über mit blauen Früchten behangenen Zwetschgenbaumes in Schwagers Garten. Noch nie hat Ibele viel Verständnis gehabt für das weit verbreitete Montagsjammern und das Schwelgen in den sowieso meist verlogenen Reminiszenzen an das Wochenende, noch weniger für das stupide Abzählen der Tage bis zum nächsten Freitag. Antoinette Hagen kennt und teilt den Montagselan ihres Chefs. Sie befeuert ihn sogar – durch ihre bloße, nein: durch ihre schillernde Gegenwart. Ibele grüßt sie, mustert aufmerksam und anerkennend die adrette Person. Was er sieht? Was ihn fasziniert? Auch wenn es ihm nicht unmittelbar bewusst wird: *Eine* einzige Tugend – im vorliegenden Fall: Selbstbewusstsein – genügt einem solchen Wesen, wo ein Mann viele braucht. Oder, wie der Vormittag deutlich zeigen wird: bräuchte!

Die Berichte der Gerichtsmedizin und der Spurensicherung liegen auf Ibeles Schreibtisch. Ebenso der *Vorarlbergbote*. Wenig überraschend titelt er hochoriginell: „Alter Schwede als totes Trachtenmodel“. So etwas muss dir erst einmal einfallen, und dann darfst du dir nicht zu blöd sein, es drucken zu lassen. „Ein Samurai im Bregenzerwald?“, fragt der Untertitel reißerisch. Woher die wohl wissen, dass der Wagen des vermutlichen Täters ein Suzuki Samurai gewesen sein soll? Die Auswertung der Reifenspuren am Tatort ergibt ein ähnliches Ergebnis. Ganze 25 Modelle dieses Typs sind in Vorarlberg zugelassen, sieben davon in Dornbirn, darüber informiert ein handschriftlicher Vermerk von Antoinette Hagen. Die Besitzer sind schon ausgeforscht, auch die Besitzerinnen. Einer der Wagen ist seit drei Wochen als gestohlen gemeldet und einer, ein weißer mit schwarzem Stoffdach, steht seit dem Frühling irgendwo oberhalb von Damüls auf einem Parkplatz, wo ihn der Besitzer nach einem Reifenschaden abgestellt und – wie er sagt – inzwischen ganz vergessen hat. Jaja, was man nicht alles vergessen kann! Die Kollegen vom Auer Polizeiposten werden gebeten, Nachschau zu halten.

Ihre Auskunft: Der Samurai steht nicht mehr am angegebenen Standort, seit mehreren Wochen schon nicht mehr, wie der Hirt einer benachbarten Alpe weiß. Wer ihn geholt hat, weiß er jedoch nicht. Über Nacht sei er verschwunden. Alles, was der Mann sagen kann, übrigens ein junger Brasilianer, der sich mit seiner dänischen Freundin hier als Senner verdingt, ist, dass ihm ein oder zwei Tage vor dem Verschwinden des Autos ein Typ aufgefallen ist, ein Einheimischer der Sprache nach, dem an der rechten Hand Mittel- und Ringfinger gefehlt haben. Der hat sich ausführlich nach dem Wagen erkundigt. Mehr ist dem Käser nicht mehr in Erinnerung. Henriette, seine Freundin, war an dem Nachmittag auf der Suche nach einem verlorenen Kalb unterwegs. Das mit den fehlenden Fingern kommt Ibele bekannt vor. Hat der Autodieb auch Violetta Lundgren auf dem Gewissen? Die Fahndung nach dem verirrten Samurai läuft bereits. Sie erinnert Ibele an einen anderen Automobilisten auf Abwegen: Dr. Rosenzweig. Ihn bestellt er – mit oder ohne Anwalt – für zehn Uhr ins Kommando, keine Widerrede. So verfettet kann keine Figur sein, dass unbedingt heute Vormittag abgesaugt werden muss, so störend keine Falte, so schlaff kein ..., aber lassen wir das!

Antoinette Hagen legt ein buntes Konvolut von Aktenmappen auf Ibeles Schreibtisch. Dazu setzt sie eine betont finstere Miene auf. Ein dicker Packen von Fotokopien enthält alles, was auf die Schnelle über Frau Lundgren, Herrn Dr. Rosenzweig und seinen Kollegen Fuentes samt dazugehörigen Volksbank-Konten sowie über das abgesetzte Sportmanagementführungsduo zu erfahren war. Gar nicht wenig! Wenn es stimmt, was die Kollegen da zusammengetragen haben, war Rosenzweig eine Art Filialstelle von Fuentes' Dopingmanufaktur, vor allem tätig im Bereich der Eigenblut-Manipulation für Ausdauersportarten: Radfahrer, Skilangläufer, auch Ruderer. Die Lundgren hat als Bindeglied und Strohfrau gedient, war für Kontakte zu den Vereinen und fürs Finanzielle zuständig, wie unter anderem die Kontobewegungen ausweisen. Die lokalen Sportbehörden sind, auch wenn sich ihr Beitrag mehr als ein Wollen denn als ein Können erweist, auf ungute Weise in die Schiebereien involviert. Ihr Versuch, am internationalen Kuchen zu naschen, hat zu nicht viel mehr als ein paar läppischen Schwarzgelddepots gereicht. Auf jeden Fall nicht zu den erhofften und von den politischen Vorreitern großspurig angekündigten Olympia- oder Weltmeisterschaftsmedaillen. Dennoch wird man den bösen Buben gehörig auf die Finger klopfen müssen. Weitere Lippenbekenntnisse zum sauberen Sport und einer korruptionsfreien Verwaltung genügen sicher nicht mehr, auch als Wahlkampfthema eignen sich derartig kriminelle Schweinereien nicht.

Inspektor Ibele nimmt bereits seinen zweiten Liter Wasser für heute in Angriff – Trinken macht auch das Gehirn geschmeidig – als er im Vorzimmer Stimmen vernimmt. Unversehens ist es halb elf geworden, der Herr Chirurg erscheint zu seinem Zehn-Uhr-Termin. Besonders der begleitende Anwalt scheint die halbstündige Verspätung als sein selbstverständliches Recht zu betrachten. Ibele nimmt das vorerst kommentarlos hin.

„Meine Herren", bittet er die beiden Geschniegelten auf zwei hölzernen Stühlen mit Inventarnummern aus den 1970er-Jahren Platz zu nehmen. Den Versuch des Rechtsbeistands, seine Unterlagen auf dem Schreibtisch auszubreiten, unterbindet Ibele mit einem entschiedenen: „Ich muss schon bitten!"

„Sie sind uns am Samstag eine Erklärung schuldig geblieben, Herr Doktor. Ich höre!" Der Blick des Arztes wandert zu seinem Anwalt.

„Wir möchten dazu nichts sagen, Herr Kommissar. Die finanziellen Belange liegen in der Hand der Steuerberatungskanzlei meines Mandanten. Dort wird derzeit geprüft, wie die fragliche Überweisung zu interpretieren ist." Nun, dass Überweisungen interpretiert werden müssen, ist Ibele neu. Das interpretative Moment kennt er bislang nur von seinen philosophischen Lektüren oder vielleicht von besonders umständlich formulierten Gesetzestexten. Es nützt nichts: Lebenslänglich ist angesagt. Wenigstens beim Lernen.

„Möchten Sie uns vielleicht das eine oder andere über Ihre Kontakte mit Señor Fuentes berichten?", wendet er sich gutmütig an den Mediziner, die Spitzen der weit gespreizten Finger aneinander legend, was bei Ibele ein Zeichen höchster Konzentration wie abnehmender Geduld ist.

„Fuentes? Wie kommen Sie auf Fuentes?“, kommt es keck zurück.

„Herr Doktor, tun Sie sich etwas Gutes und überlassen Sie das Fragen einfach mir!“, gibt der Inspektor schnörkellos zurück; und mit „Ruhe jetzt!“ nimmt er einem „Aber ich ...“ des Juristen allen Wind aus den Segeln. „Ich warte.“

„Was wollen Sie? Fuentes treffe ich neben zweitausend anderen Kollegen jedes Jahr auf dem Erythrozytenkongress in Venedig. Wir sitzen gemeinsam in der Kommission für die Analyse der monoklonalen Immunsuppression. Eine Zeitlang habe ich mit Eufemio über Erythrozytenkonzentrate gearbeitet. Er ist ein hervorragender Wissenschaftler, eigentlich ein begabter Gynäkologe, wissen Sie.“

„Sehr interessant. Wie stehen Sie zu seinen Dopinggeschichten?“

„Wie ich zu seinen Dopinggeschichten stehe?“ Wenn Ibele etwas partout nicht ausstehen kann, dann ist es das dämliche Wiederholen seiner Fragen. Selbst als Schüler hat er diesen den Frager verhöhnenden Trick als unter seiner Würde liegend abgelehnt. Er öffnet eine der bunten Mappen und entnimmt ihr drei zusammengeheftete Blätter Papier.

„Hier steht sehr viel über Herrn Fuentes und seine Verbindungen nach Deutschland und Österreich. Ihr Name taucht an mehreren Stellen auf, Herr Doktor, und zwar an Stellen, in denen es nicht um Erythrozytenkonzentration oder dergleichen geht, sondern um EPO und Eigenbluttransfusionen.“

„Wir kennen dieses Dokument nicht und wollen daher nichts dazu sagen“, kommt der Jurist seinem Mandanten eifrig zuvor. Der ist froh drum, aber wohl ist ihm nicht in seiner Haut, das ist unschwer zu erkennen.

„Gut, meine Herren, Sie können gehen.“ Weil Angriff die beste Verteidigung ist und ein überraschender Angriff, noch dazu aus unerwarteter Richtung, der wirksamste, macht Ibele kurzen Prozess.

„Aber ...“, entfährt es dem Anwalt.

„Was jetzt *aber*?“ Dumm stellen kann sich Ibele schon lange, immer eine Spur dümmer als die Oberklugen.

„Nichts, Herr Kommissar.“ Der Jurist erhebt sich, stopft nervös ein paar Notizen in seinen Aktenkoffer und streckt Ibele die Hand entgegen. Sein Mandant tappt verloren hinter ihm her.

„Wie geht es jetzt weiter?“, fragt er schüchtern.

„Sie hören von uns“, lautet Ibeles Kommentar

„Wann?“

„Wenn es soweit ist.“ Punktum. Auch im Küchenherd kann das Fegefeuer brennen, möchte Isidor dem Arzt zurufen. Er unterlässt es aus purer Berechnung.

Für die rosenzweigsche Ordination und seine Privatvilla fordert Ibele beim zuständigen Kollegen einen Hausdurchsuchungsbefehl an; außerdem informiert er den diensthabenden Untersuchungsrichter, dass in Kürze ein Antrag auf Haftbefehl gegen den Herrn folgen könnte. *Kein Problem* heißt es allerseits lapidar, als läge alles längst fertig in der Schublade.

Mitten hinein in die Vorfreude aufs Mittagessen platzt Baldreich mit der Meldung, das vermutlich von

Olafsons Mörder gefahrene Auto sei gefunden worden; tatsächlich ein Suzuki besagten Typs, weiß mit schwarzem Stoffdach. Zwei platte Reifen und ein leerer Tank brachten den Samurai zur Strecke. Seit ein Wanderer den etwas absonderlich geparkten Wagen gemeldet hat, ist die Auswertung der Spuren in vollem Gange. Es hat doch sein Gutes, dass immer ein Gschaftlhuber unterwegs ist, der selbst die kleinste Abweichung vom behördlich verordneten Landschafts- und seinem eigenen kleinkarierten Weltbild unverzüglich zur Anzeige bringt. Zwischen Schönenbach und Au-Rehmen steht das Auto unbefugterweise neben dem Güterweg unweit der Ostergunten-Alpe, im Fahrverbot und unversperrt. Wo kommen wir denn da hin?! Von diesem Standort aus ließe sich sogar relativ leicht eine direkte Route zurück zum Tatort verfolgen; wenn auch auf Wegen, die nur mit Übung und Geschick oder mit dem Mut der Verzweiflung bewältigt werden können, wie die an der Wand befestige große Landkarte zeigt. Noch interessanter zu verfolgen wäre natürlich der weitere Weg des unbekannten Fahrers. Welchem Ziel strebte er entgegen? Ist er aus der Gegend oder dient sie ihm nur als Versteck? Ibeles Anruf beim Leiter der Spurensicherung bringt nichts Endgültiges. Aber im Auto sind Teile einer Bregenzerwälder Juppe gefunden worden, ein Mieder, ein Gürtel, ein Jäcklein, und, wie es nach einer ersten Untersuchung ausschaut, Haare von Olle Olafson auf dem Beifahrersitz, zudem ein vornehmer Gehstock mit den Initialen O.O. auf dem Elfenbeinknauf. Na also. Keinerlei Spuren leider, die Hinweise auf den Fahrer geben würden. Die Fingerabdrücke auf dem Lenkrad müssen in Feldkirch ausgewertet werden. Die telefonische Aufforderung des Inspektors, sie doch mit denen vom Schwarzenberger Cello-Mord-

Tatort zu vergleichen, kommt nicht besonders gut an. Ob er denn glaube, man habe vorgehabt, sie mit denen der Ladendiebe vom KDW (dem jüngst erbauten *Kaufhaus der Wälder*, wie es die hiesigen Betreiber und Investoren ganz ohne Genierer nennen) zu vergleichen, wird er hämisch gefragt. Mein Gott, wie sensibel diese abgebrühten Burschen doch im Grunde sind, wie divenhaft! Man muss diesen Kerl doch erwischen können: Seine Fingerabdrücke sind amtlich, sein Auto, sein Trachtentick. Nicht zuletzt der Tatort „Rote Egg“ gibt Rätsel auf. Wer sucht ausgerechnet diesen gottverlassenen Winkel für sein Treiben aus? Ein perverser Fetischist? Sein zwar mörderischer, aber sittenreiner Umgang mit der Cellistin spricht nicht für eine solche These. Wo doch die Schöne noch viel mehr als der alte Herr Anlass und Anreiz zu abartigem Tun geboten hätte! Violetta Lundgren und Olle Olafson mögen im Leben so manche Gemeinsamkeit gepflegt haben. Aber was verbindet sie als Mordopfer? Ihre schwedische Herkunft; und dann?

Der General steckt auf dem Weg in die Kantine seinen Kopf zur Tür herein und bittet Ibele um seine Begleitung. Der lehnt dankend ab, heute wird zuhause gegessen. Wie ein Zebulon aus dem Kinderfernsehen hüpft der Chef daraufhin unmittelbar vor Ibeles Schreibtisch. Angetan mit einem nigelnagelneuen glänzenden Kampfanzug samt unübersehbaren goldenen Rangabzeichen und feuerrotem Barett erkundigt sich der General nach dem häuslichen Menü. Rösles Kochkünste sind auch dem notorischen Schnorrer in Generalsuniform bekannt.

„Ach, nichts Besonderes“, wiegelt Ibele vorsichtig ab, „eher ein Pflichttermin, die Hutterer kommen zum Essen, Sie wissen schon, die mit dem Terrassenpool und dem Jaguar Coupé. Oskar hat aus Italien allerhand vom Wildschwein mitgebracht und das Rösle darf ein Festessen daraus zaubern. Dazu noch Zwetschgenknödel. Wenn nur nicht Mathildes Redefluss alles mit sich reißen würde! Gehen Sie ruhig in die Kantine, mon Capitaine, und genießen Sie die Stille.“ Wohl wissend, dass Stille beim General der unbeliebteste Geselle ist, macht sich Ibele, da die Zeiger der Wanduhr rasant auf Mittag vorrücken, auf den Weg. Trotz der alles in allem verlockenden Aussicht ist er nur halb bei der Sache. Die anstehende Fahrt zu Frau Olafson liegt ihm im Magen, und die Schritte, zu denen ihn Rosenzweig zwingt, führen ihrerseits ebenfalls nicht unbedingt zu Appetit und innerem Wohlbefinden. Da wird nicht einmal der sonst so verlässliche Pernod sehr viel ausrichten können.

XX.

So stellt sich der Lehrer Franz-Anton Winsauer ein Mittagessen vor: Eine Gemüsesuppe mit reichlich frischem Liebstöckel, eine Kalbsleber, gewürzt mit Thymian, Rosmarin und Basilikum aus dem hauseigenen Garten, mit Kartoffelrösti, dazu Tomatensalat, zuletzt als Dessert einen warmen Apfelstrudel mit nichts dazu. Das Ganze gerne ein wenig später und dann dafür in aller Gemütlichkeit und mit der Aussicht auf ein gemütliches Nachmittagsschläfchen auf dem Kanapee. Der Unterricht ist für heute zu Ende. Mit den Kindern war eh kaum etwas anzufangen. Der Mord am Freitag, die Tote vom Kauffmann-Saal, sitzt ihnen einerseits tief im Gemüt, andererseits hat Winsauer das Gefühl, es sei alles nur ein Spiel für die Kleinen. Unglaublich bis alarmierend ist es außerdem, was sie an altklugen, gehässigen und schlichtweg dummen Kommentaren von daheim mitbringen. Als einer der letzten übrig gebliebenen Gäste bekommt Winsauer seinen Espresso serviert. Fast leer ist der *Adler*, in dem der Lehrer seinen Stammplatz hat, mittlerweile geworden. Nur die quirlige Helga saust mit einer verspäteten Bestellung in die Küche, wo die Brigade sich langsam ans Aufräumen macht. Wie jeden Tag von Meister Engelbert höchstselbst zur Tür geleitet, verabschiedet sich der Schulmann und schlägt den Weg nach Hause ein. Er führt ihn quer durch das Dorf auf eine kleine Anhöhe, wo er ein uraltes Bauernhaus bewohnt, allein mit seinen Büchern und drei Katzen. Nicht ohne ein leises Gefühl der Beklemmung nähert er sich dem Konzertsaal. An einem der Fahnenmasten auf dem gepflasterten Vorplatz hängt ein schwarzes Tuch. Kein Lüftchen verschafft der Fahne an diesem strahlenden Herbsttag, der kaum zu atmen scheint, die geringste Bewegung. Plötzlich hält Winsauer inne. Was hört er da? Das ist Musik, wundersam schwebende, singende Musik. Ein einzelnes Instrument spielt eine dem Lehrer nur allzu bekannte Melodie. Das muss ein Cello sein! Woher kommen diese Klänge? Jedenfalls nicht aus dem Kauffmann-Saal. Nein, genau aus der entgegengesetzten Richtung, und immer deutlicher vernimmt Winsauer das Spiel. Wie von einem Magneten angezogen, geht er staunend auf Dokus Bilgeris Haus zu. Dort, in der Scheune mit dem halb offenen Tor muss es sein. Winsauer nähert sich ungläubig. Später wird ihm auffallen, dass er vor lauter Ehrfurcht sogar seinen Hut abgenommen hat. Beim ersten Blick in das Tenn sieht er gar nichts, dann gewöhnt er sich langsam an das Halbdunkel. Im Hintergrund nimmt er den drei, vier Meter hohen Heustock wahr, vor dem einige Kinder stehen. Sie verdecken die Sicht auf den Musikanten. Auf Zehenspitzen geht Winsauer atemlos in ihre Richtung. Jetzt fällt sein Blick über die Köpfe der Kinder hinweg auf das Instrument. Zuerst auf das Instrument, tatsächlich ein Cello, dann auf den Musiker. Es ist nicht zu glauben: Der kleine Cornelius spielt! Kaum sind seine Ärmchen lang genug, kaum stark genug für den großen Bogen! Der kleine Cornelius ist Winsauers Lieblingsschüler. Ein strohblondes Büblein mit dem verschmitztesten Lächeln der Welt. Dazu ein Künstler, für hiesige Verhältnisse ein Jahrhunderttalent, wenn es um die Musik geht!

Darf der Lehrer dieses Spiel unterbrechen? Darf man sich in eine Offenbarung einmischen? Ob er darf oder nicht, bleibt dahingestellt – er kann es nicht. Erst als Cornelius nach einem letzten furiosen Akkord den Bogen zu Boden sinken lässt und die restlichen Kinder nach einem Moment des Schweigens, des erhabenen Schreckens, wie es Winsauer vorkommt, auf den kleinen Künstler zustürzen und mit „Ich auch ... ich will spielen ... ich zuerst ...“-Rufen schubsend und drängend um den nächsten Auftritt streiten, greift der Lehrer ein. Sein unvermitteltes Erscheinen holt die Kinder in die Realität zurück und die kleine Schar weicht widerstrebend Winsauers Autorität.

„Aber was tut ihr denn da, Kinder? Was ist das für ein Cello, Cornelius?“ Als ob er es nicht schon wüsste!

„Das ist dort unter dem Heu gelegen, Herr Lehrer. Wir haben die Wachtelhühner vom Dokus füttern wollen, da haben es der Arnold und der Meinrad gefunden.“

„Mein Herr und mein Gott!“, entfährt es Winsauer, „das ist sicher das Cello aus dem Kauffmann-Saal. Finger weg, Kinder!“ Er nestelt sein Mobiltelefon aus dem grauen Lodenjanker und ruft im *Hirschen* an. So viel er weiß, wohnt dort der Künstler, dem das Instrument gehört.

Noch vor dem Besitzer tauchen nach wenigen Minuten wie aus dem Nichts zwei grau gekleidete Herren auf. Angetan mit dezenten Krawatten und Borsalino verscheuchen sie zuerst die Kinder, als handle es sich dabei um schädliches Ungeziefer. Dann ziehen sie sich dicke weiße Flanellhandschuhe über und begutachten das Instrument von allen Seiten. Man möchte es beinahe ein Liebkosen nennen. Allerdings ist es eine ausgesprochen sterile, in höchstem Maße verdinglichte Zärtlichkeit. Kein Wunder, ist sie doch allein dem Geld geschuldet, um das es den Männern geht. Kaum sind sie mit Betasten, Befingern und Fotografieren fertig, ist der Künstler zur Stelle. Was für ein Unterschied! Er bedankt sich überschwänglich bei Winsauer und lädt ihn augenblicklich zum Abendessen sowie in sein nächstes Konzert ein. Als dieser bescheiden abwehrt und den Überglücklichen auf die Kinder, besonders auf Cornelius verweist, ist der Besitzer des Cellos kaum mehr zu halten. Großzügig wie ein Barockfürst verteilt er Geldscheine an die verblüfften Schüler, bevor er zum Bogen greift und mit Tränen in den Augen zu spielen beginnt. Die Versicherer schreien mittlerweile lautstark nach der Polizei. Winsauer empfiehlt, einfach dort anzurufen, was auch umgehend geschieht. Irgendwas aber dürfte schiefgelaufen sein, denn ein paar Minuten später ist es die Rettung, die mit Blaulicht vor Bilgeris Haus braust. Das ruft Klara nebst Töchterchen Sofia auf den Plan, die den Rettungsmännern ins Tenn folgen, aus dem noch immer Herr Kahns Cellospiel zu vernehmen ist.

„Ja du Himmel auf Erden, was ist denn da los?“, ruft Klara dem in die Musik versunkenen Winsauer zu.

„Die Kinder haben das verschwundene Cello aus dem Kauffmann-Saal gefunden! Bei euch im Tenn war es versteckt! Zum Glück ist ihm nichts passiert“, erklärt der Lehrer sichtlich erleichtert. Was wird Klaras Bruder dazu sagen?

„Geh den Onkel holen, Sofia, er liegt in der Stube auf dem Sofa!“ Klara schwant nichts Gutes. Sie ist froh, dass Bartle aus seiner Backstube herüberkommt. Der Lärm des Folgetonhorns hat ihn aus seiner Bäckerei gelockt. Auf den Bartle ist eben Verlass, und dass er sie erst heiraten will, wenn er das Geschäft vom Vater übernommen hat, findet Klara ganz in Ordnung. Schon hat sie seine Hand genommen und drückt sich eng an Bartles mehlstaubige Bäckerkleidung.

„Wie kommt dieses Instrument in unser Haus?“, fragt sie ihn. Da muss sogar der Bartle passen. Aber er wittert eine willkommene Chance, seinem ungeliebten Quasi-Schwager auf die Pelle zu rücken.

„Frag doch den Holzhändler. Es ist sein Tenn. Vielleicht hat er Geld gerochen?“ Gern mag Klara es nicht, wenn Bartle so redet, nur hat er halt leider meistens Recht. Der Bruder ist und bleibt ein Taugenichts. Sie selbst könnte das längste Lied davon singen. Das würde dann sicher nicht so harmonisch klingen wie das, was dem Cello gerade entlockt wird. Verschlafen und mit nachlässig zugeknöpftem Hemd, die Hose so zerknittert wie das Gesicht, stellt sich Dokus neben die Schwester.

„Was geht hier vor, Herrschaften? Ist das jetzt modern? Seit wann musiziert man in meinem Tenn?“ Bevor er noch mehr Blödsinn von sich geben kann, bauen sich die zwei Versicherungsagenten vor ihm auf. Dokus kann mit ihnen nicht viel anfangen. Die glauben wohl nicht, dass er ...?

„Sie werden für den Schaden aufkommen, Herr Bilgeri! Das ist Entführung, Raub, Diebstahl! Die Polizei wird gleich eintreffen.“ Lauter Worte, die Dokus kaum erreichen. Nach und nach dämmert ihm endlich der Zusammenhang zwischen dem verschwundenen Instrument und der Toten im Kauffmann-Saal. Wann war das? Ja richtig, am Freitag. Doch was geht es ihn an? Hat er etwas übersehen? Verdammt, er hat! Den Hinterwälder-Kretin vor dem Hirschbühl-Laden! Der bringt zwar nichts auf die Reihe, ist aber zu allem fähig.

XXI.

... denn es scheint dem Idioten, als sei er über weite Strecken des Lebens auf einer Probefahrt unterwegs gewesen.
Botho Strauß

Nach über zwanzig Jahren im Kriminaldienst mag Ibele solche Einsätze immer noch nicht. Vom häuslichen Mittagstisch abberufen zu werden und durch die Landschaft zu sausen wie die Feuerwehr – wo es eh schon zu spät ist! Wo die Zeit angehalten scheint von einem dieser Ereignisse, die man viel lieber verhindert als aufgeklärt hätte. Nun, das wieder aufgetauchte Cello rechtfertigt immerhin einiges. Vor dem *Adler* steigt Baldreich notgedrungen scharf auf die Bremse, nicht wegen der geltenden Geschwindigkeitsbegrenzung, nein, die ist ihm so oder so heilig. Ein rotes Cabrio, ein Porsche, der ihm mit brutaler Rücksichtslosigkeit den Vorrang nimmt, zwingt ihn dazu. In einem infernalischen Tempo driftet der Bolide mit ausbrechendem Heck und quietschenden Reifen um die unübersichtliche Rechtskurve am *Hirschen* vorbei Richtung Losenpass und somit Rheintal. Eine schwarze Katze rettet sich mit dem Sprung ihres Lebens in den Gastgarten, wo sie mitten im Kaffeegeschirr einer kleinen Tafelrunde landet.

„Kruzinesen“, entfährt es Ibele, „jetzt aber! Da hat es ja einer verflucht eilig. Baldreich, tu was!“

„Die spinnen, die Wälder“, ergänzt der Assistent seufzend und zückt das Mobiltelefon, um die Kollegen in Dornbirn zu alarmieren. Wenn die schnell sind, fangen sie den Wahnsinnigen im Oberdorf ab, bevor er das Weite sucht, auch wenn das in diesem Fall näher liegt, als man glauben möchte.

Bilgeri hat damit schon fast nichts mehr zu tun. Mit versteinertem Gesicht lässt er die irrwitzigen Fliehkräfte wirken, die ihn in seinen Sitz pressen. Nein, er weiß nicht, wohin die Reise geht. Er will jetzt nur schnell sein, schnell außer Reichweite und schnell allein. Je halsbrecherischer er den Wagen bergwärts jagt, desto klarer wird ihm, dass es so nicht weitergehen kann mit dem ganzen Schmarren. Eine langgezogene Linkskurve nimmt er wie in Trance. Von rechts biegt nichtsahnend ein altes Bäuerlein auf seinem Traktor in die Landstraße ein. Im allerletzten Moment weicht es dem heranrasenden Porsche aus und kracht in ein klirrend zu Bruch gehendes Buswartehäuschen, das den Landwirt filmreif unter sich begräbt. Bilgeri nimmt davon so gut wie nichts wahr. Die Tachonadel zittert auf die 150 km/h zu. Die jähe Steigung ändert daran nichts, auch nicht die leichte Links-rechts-Passage nach der Tankstelle. 160, 170, unglaublich, wie der abgeht! Jetzt gleich noch das letzte scharfe Eck, wieder nach rechts, dann ist die Bahn frei. Der entgegenkommende Postbuschauffeur blendet kurz auf, doch das erreicht Bilgeri nicht mehr. Ohne abzubremsen schlägt er nach rechts ein, umklammert das Lenkrad mit weißen Knöcheln. Die Kurve kennt er zu allen Tages- und Nachtzeiten, bei allen Straßenbedingungen, nimmt sie mit geschlossenen Augen, wenn es sein muss. Der Porsche soll zeigen, was er kann. Eigentlich müsste Bilgeri, das Gaspedal bis zum Anschlag durchgedrückt und hoch droben im roten Drehzahlbereich angelangt, den Gasthof *Sonne* längst hinter sich gelassen haben, natürlich ohne einen Blick an die „Hier-kocht-der-Chef-kommen-Sie-trotzdem"-Tafel zu verlieren. Doch da sind keine Tafel, keine Sonne und kein Weg, denn irgendwie ist ihm die Straße plötzlich abhandengekommen. Bilgeri fliegt. Er segelt in hohem Bogen. Wie weit er das noch realisiert, muss für immer offen bleiben. Jedenfalls bereitet die Landung allen seinen Flucht- und sonstigen Gedanken ein abruptes Ende.

Was ist passiert? Folgt man der Schilderung des arg knieweichen und käseweißen Automobilisten, der, talwärts fahrend, Zeuge des Geschehens geworden ist, hat Bilgeri in der steil ansteigenden 90-Grad-Rechtskurve einfach Kurs geradeaus genommen. Die an dieser Stelle in den Boden absinkende Leitplanke hat den Wagen mitsamt seinem Fahrer wie eine Schanze in die Luft geschleudert. Geflogen sei er schön, der Porsche, das müsse man ihm lassen. Nach gut und gern 120 Metern war allerdings Schluss. Einem ersten Aufprall mitten in der Liegewiese des Schwimmbads folgt 30 Meter weiter ein zweiter, ein Porsche-Bauchfleck sozusagen, diesmal zielsicher im trotz des bevorstehenden Saisonendes noch gefüllten großen Wasserbecken. Da hat der Porsche bereits alle Eleganz verloren – mehr als eine gigantische Arschbombe wird das, mit Verlaub, nicht mehr. Dann ist Endstation für das Auto, den Fahrer und so manche Sehnsucht.

Der Gemeindebedienstete, der im verlassenen Schwimmbad mit Rasenmähen und Heckenschneiden beschäftigt ist, hat einige Mühe, das brachiale Eindringen des unfreiwilligen Badegastes richtig einzuordnen. Er meldet den Falschparker telefonisch dem Bürgermeister, der unumwunden nachfragt, ob der Seppl eventuell zu tief ins Glas geschaut haben könnte, ist doch seine Neigung dazu orts- und amtsbekannt.

„Nein, sicher nicht, Hubert, ehrlich! Und bei der Heiligen Jungfrau: Ich tu's auch nie mehr, wenn das wahr ist, was ich hier sehe!"

„Dann ruf die Polizei an, und pass auf, dass dich keine weiße Maus auffrisst!" Die Notruf-Stimme am anderen Ende der Leitung ist berufsbedingt um einiges sachlicher und verspricht Seppl das baldige Eintreffen eines Streifen- und eines Krankenwagens. Die folgenden zehn oder fünfzehn Minuten verleiden dem Gärtner für immer alles, was mit Baden oder Autofahren zu tun hat. Selbst ein harmloses Glas Prosecco, aus dem kleine Luftbläschen aufsteigen, wird künftig ein nicht zu unterdrückenden Zittern auslösen, so unbarmherzig prägt sich das Bild des versinkenden Sportwagens in sein malträtiertes Gehirn.

Den fast zeitgleich aus Dornbirn und Egg eintreffenden Gendarmen, dem aus seiner beschaulich-ländlichen Praxis aufgescheuchten Arzt und den herbeieilenden Feuerwehrmännern bietet sich ein gespenstisches Bild. Der Fahrer sitzt äußerlich unversehrt und angeschnallt im vollständig abgesoffenen Wagen, nur der tief in den Hals gerutschte Kopf schaut aus dem Wasser. Das Genick ist gebrochen. Der leicht offene Mund und die halb geschlossenen Augen geben dem Gesicht einen Ausdruck, den man gleichzeitig als Genugtuung und leichtes Bedauern interpretieren könnte. Noch immer steigen vereinzelt große Luftblasen auf. Die Rettungskräfte räumen bald das Feld; routiniert agierende Bestatter und martialisch ausgerüstete Feuerwehrmänner übernehmen den eher traurigen Rest. Der tote Dokus

Bilgeri macht sich auf seine letzte Fahrt. Ein eigenartig dichtes Schweigen begleitet ihn. Die üblichen hämischen Witze oder bösen Kommentare bleiben aus.

Was Dokus Bilgeri in der Freitagnacht übersehen hat, muss sich erst weisen. War es etwa ein selbst ernannter, leider nicht ungeschickter Mechaniker, der sich klammheimlich an seinem Wagen zu schaffen gemacht hat? Ziemlich sicher war es noch viel mehr jene uralte Erkenntnis, wonach du zwar im ersten Schritt frei, im zweiten aber Knecht des ersten bist. So hat es ihm gar nichts gebracht, hinter Violetta Lundgren herzuspionieren, nichts als Müh und Plage und ein paar Einblicke in ein Leben, das höchstens die Unzufriedenheit mit dem eigenen zu steigern vermochte. Was ihn die so gar nicht ästhetische Behandlung gekostet hat, die ihm Dr. Rosenzweig zuteilwerden ließ, fällt jetzt nicht mehr ins Gewicht. Einzig die beiden Sportskanonen waren intellektuell und emotional halbwegs auf Bilgeris Wellenlänge angesiedelt, also so gut wie nicht zu gebrauchen.

XXII.

Keine Minute zu früh und noch weniger zu spät treffen Ibele und Baldreich in Bilgeris Scheune ein. Zu spät höchstens insofern, als sie Cornelius' Spiel versäumt haben, das letzte Fortissimo des Herrn Kahn ist ihnen aber immerhin gegönnt. Augenblicklich werden sie in Beschlag genommen: von den grauen Herren, die den Lehrer hinter sich herziehen, vom Dorfpolizisten, vom Festivalchef und von den Kindern, die sich nur von Sofia kurz ablenken lassen, als die mit ihrem neuen Trittroller heranbraust. Klara hält sich diskret im Hintergrund. Noch bevor der Gendarm Bericht erstatten kann, läutet sein Telefon und er verdrückt sich in ein dunkles Eck. Baldreich schickt die Kinder ins Freie. Nur Lehrer Winsauer bleibt mit einem blonden Knirps an der Hand stehen. Da ist der Polizist schon wieder neben dem Inspektor und flüstert ihm mit belegter Stimme und einem verlegenen Blick zu Klara zu, dass der Besitzer der Scheune soeben das Zeitliche gesegnet habe. „Das hat ja einmal kommen müssen, so wie der meistens unterwegs war", fügt der Ordnungshüter hinzu, „aber warum ausgerechnet heute?" Woher soll Ibele das wissen? Was denn nun mit dem Instrument geschehen solle, drängen die Versicherer, während Herr Kahn das gute Stück wortlos bestaunt. Es sei doch wohl wieder dort, wo es hingehöre, entgegnet Ibele kühl und macht eine Geste in Richtung des Cellisten, der das teure Stück an sich drückt und streichelt, dass es einem anders werden könnte. Man werde es aber noch bis zur Überprüfung durch die Spurensicherung behalten müssen, ergänzt Baldreich zur Enttäuschung des Virtuosen. Versicherungstechnisch bestehe ja nun kein Grund mehr für Sorge und Hektik, oder? Ins Festivalprogramm könne man das wiedergefundene Instrument spätestens übermorgen wieder einplanen. Vielleicht zu einem Benefizkonzert?

„Für wen denn?“, will Herr Nadirer etwas pikiert wissen.

„Meinetwegen zugunsten der musikalischen Früherziehung durch Herrn Winsauer“, gibt Ibele forsch zurück.

Aus dem Augenwinkel beobachtet er kurz darauf, wie der Dorfpfarrer bedächtig auf das Haus zugeht, sich zögerlich umsieht, Klara am Arm nimmt und sie sanft, leise auf sie einredend, mit ins Haus zieht. Nach ein paar Minuten kehrt er zurück und ruft Sofia zu sich, allem Anschein nach, um sie zu ihrer Mutter zu bringen. Der möchte auch Ibele einen Besuch abstatten. Wenige knappe Anweisungen hinterlassend, verabschiedet er die Anwesenden, die sich in alle möglichen Richtungen entfernen. Zu dringend interessiert es den Inspektor, welcher Teufel den Dokus Bilgeri heute und generell geritten hat.

Die Haustür steht offen, aus der Küche hört Ibele gedämpft die Stimme des Pfarrers. Obwohl die Septembersonne kräftig einheizt, ist es im Haus angenehm kühl. Ein Geruch nach Bohnerwachs und frischem Hefegebäck liegt in der Luft. Am Küchentisch sitzt der Pfarrer, ihm gegenüber Klara, die kleine Sofia auf ihrem Schoß.

„Kommen Sie ruhig herein, Herr Inspektor“, lädt ihn die junge Frau ein und weist auch Baldreich einen der freien Stühle zu, „setzen Sie sich bitte!“

„Also dann gehe ich jetzt“, empfiehlt sich der Geistliche, „ich regle alles mit dem Bestatter und komme am frühen Abend wieder zu dir.“ Er drückt der Frau die Hand und malt ein Kreuzzeichen auf die Stirn des Kindes. Ibele und Baldreich nickt er freundlich zu.

„Unsere aufrichtige Teilnahme, Frau Bilgeri!“, beginnt Ibele förmlich. „Wenn wir Ihnen trotzdem jetzt gleich ein paar Fragen zu Ihrem Bruder stellen dürften, wäre uns sehr geholfen und wir können Ihnen vielleicht für die nächsten Tage unseren Besuch ersparen.“

„Fangen Sie nur an, es geht schon“, kommt sehr gefasst die Antwort.

„Haben Sie eine Erklärung dafür, wie das Cello in das Tenn kommt und vor allem, was in ihren Bruder gefahren sein könnte, Frau Bilgeri?“

„Ganz und gar nicht. Ich glaube, dass es jemand dort versteckt hat. Vielleicht sogar, um dem Dokus etwas anzuhängen. Am Samstagmorgen hat er von nichts eine Ahnung gehabt, weder vom Mord noch vom gestohlenen Cello. Zumindest hat er so getan, und ich möchte es ihm gerne glauben. Er ist um halb eins nach Hause gekommen, wieder einmal völlig betrunken, und gleich ins Bett gefallen, die Nacht war für ihn gelaufen. Wissen Sie, der Dokus hat schon lange in seiner eigenen Welt gelebt, eigentlich immer schon. Niemand hat wissen können, was in seinem verrückten Kopf vorgegangen ist. Manchmal war er einfach ein kleiner Bub, der mit Autos spielt, dann hat er wieder versucht, Geschäftsmann zu sein, aber irgendwie war er nie ganz da. Wenn ich gedacht habe, der bringt gar nichts auf die Reihe, ist er plötzlich mit noblen Gästen aus dem *Hirschen* oder solchen Leuten zusammengesessen. Worum es dabei gegangen ist, hab ich ihn nie fragen dürfen. An anderen Tagen war es ihm schon zu viel, die Wachteleier einzusammeln.“

„Könnte es trotzdem sein, dass er das Instrument verkaufen wollte? Hat er Geld gebraucht?“

„Können schon. Geld war immer ein leidiges Thema und Schulden hat er mehr als genug gehabt. Aber die Frau umbringen, um an das Cello zu kommen? Das kann ich mir einfach nicht vorstellen. Ein Mörder war der Dokus nicht! Das kann der Herrgott nicht wollen." Nun ist der Wille des Herrgotts ein schwieriges Thema, findet Ibele, und kriminologisch wie auch theologisch leider so unerschlossen wie die Wälder des Amazonas mit ihren fernab aller Zivilisation in steinzeithafter Glückseligkeit verbliebenen Völkern.

„Gefehlt hat ihm nichts, Ihrem Bruder?"

„Was soll ihm gefehlt haben? Eine Frau? Geld? Was meinen Sie, Herr Inspektor?"

„Eigentlich meine ich zwei Finger seiner rechten Hand."

„Wieso denn das? Aber nein, so gesehen hat ihm nichts gefehlt ... Doch: ein paar Zehen, die erfroren sind vor vielen Jahren; und etliche Zähne. Der Zahnarzt war nicht so seins."

„Können Sie bezüglich seiner Kontakte vielleicht konkret ein paar Angaben machen?"

„Ob ich das darf?", fragt Klara und drückt ihre Tochter noch enger an sich.

„Eher würde ich sagen: Sie müssen, in Ihrem eigenen Interesse. Schauen Sie, dass Sie diese Dinge loswerden, Frau Bilgeri. Es wird Ihnen guttun!" Baldreich sagt das in bester Beichtvatermanier.

„Sie haben wohl recht. Also, mir ist aufgefallen, dass Dokus seit gut zwei Wochen einige Anrufe empfangen hat von einer gewissen Frau Olafson." Sie zeigt auf einen altmodischen schwarzen Telefonapparat an der Wand, ein Festnetzfossil. „Sehr geheimnisvoll hat er sich dabei angestellt, aber dann doch wieder so, dass ich fast mithören müssen hab. So war er immer: Alles wollte er alleine machen und alleine haben, aber wirklich ausgehalten hat er die Eigenbrötlerei nicht. Ich habe mitbekommen, dass er zu der Frau gesagt hat, *so etwas könne man sicher leicht herausfinden* und *er werde das Fräulein eben ein bisschen genauer unter die Lupe nehmen.*"

„Haben Sie eine Ahnung, um wen es sich bei diesem Fräulein gehandelt haben könnte?", erkundigt sich Ibele, obwohl ihm klar ist, dass diese Frage von Frau Olafson leichter zu beantworten sein wird, wenn es nicht sowieso auf der Hand liegt, um wen es sich handeln muss.

„Nein, Herr Inspektor, das weiß ich leider nicht, oder Gott sei Dank! Aber der Dokus ist zwei Mal aufs Land hinaus gefahren, nach Götzis. Ich habe ihm die Busverbindung heraussuchen müssen. Dann ist mehrere Tage lang eine Visitenkarte auf dem Stubentisch bei seinen Sachen gelegen, von einem Schönheitsdoktor. Ich habe ihn darauf angeredet, aber er ist nur furchtbar böse geworden und hat gesagt, wegen mir ist das sicher nicht, und ich solle mich nicht einmischen in seine Arbeit!"

Ibele zieht Dr. Rosenzweigs Karte aus seiner Brieftasche und zeigt sie Klara.

„Ist es diese Karte?"

„Ja, genau die, aber ... Was hat ..."

„Noch ist unklar, wer in dieser Geschichte was zu bedeuten hat. Es sind offensichtlich einige Fäden ineinander versponnen, aber um welche Wolle es sich handelt und wer letztlich am Spinnrad gesessen hat, liegt noch im Dunkeln", gibt sich Ibele dichterisch. Nur, dass ihn der Busenbastler dermaßen unverschämt an der Nase herumgeführt hat, macht den Inspektor rebellisch. Gerade die rechte Stimmung, um sich Frau

Olafson zu widmen! Die Baronesse wird nicht darum herumkommen, die Karten offen auf den Tisch zu legen. „Eine letzte Frage, Frau Bilgeri. Glauben Sie, dass Ihr Bruder sterben wollte?“

„Sie meinen, ob er absichtlich ...? Nein, das kann ich mir nicht denken. Das hätte er sich nicht getraut, er war ein ziemlicher Angsthase in Wirklichkeit, nur hat er das immer hinter seinem Gepolter und den großen Sprüchen versteckt.“

Wenn Bilgeri nicht sterben wollte: Wer trägt Schuld an seinem Ableben? Hat ihn jemand in den Tod geschickt? War mit dem Auto etwas nicht in Ordnung? Könnte er erpresst worden sein? Was hatte er für Freunde oder zu allem entschlossene Feinde? Der Bürgermeister soll darüber Auskunft geben. Morgen hat er Zeit. Gut, dann bis morgen früh.

Ihrem Stand und dem tristen Anlass gemäß in tiefes Schwarz gekleidet, gehüllt möchte man sagen, ganz Grande Dame, sofern das in dieser Position möglich ist, liegt Frau Olafson in einem Liegestuhl des *Hirschen*gartens. Sie ist wenig erpicht auf den Besuch der Herren, das braucht sie nicht eigens zu sagen, sie kommuniziert es wortlos, den Charme eines Eisbergs verströmend. Zum Glück ist Ibele dagegen so immun wie gegen gründlich auskurierte Kinderkrankheiten.

„Guten Tag, Frau Olafson, wir müssen Sie leider ein wenig stören, entschuldigen Sie bitte, und ... unser aufrichtiges Beileid zum tragischen Tod Ihres Gemahls“, eröffnet Ibele diplomatisch. „Es wäre uns sehr damit gedient, wenn Sie offen mit uns reden“, ergänzt er unmissverständlich.

„Was kann ich diesmal für Sie tun, Constable?“ Ein vielversprechender Anfang klingt anders. Baldreich hat inzwischen zwei eiserne Sessel herbeigeschleppt, die er links und rechts von Frau Olafsons Liegestuhl in Position bringt. Das schaut nach Zufall aus, ist aber keiner.

„Wie erklären Sie sich den gestrigen Ausflug Ihres Mannes? Wer hat ihn in Bersbuch abgeholt? Woher könnte er seinen Mörder gekannt haben?“

„Das alles ist für mich völlig unerklärlich. Nie ist Olle den Einheimischen nahegekommen. Er war sich selbst genug. Für den Rest war Schubert zuständig, oder Frau Lundgren.“ Wumm! Wäre die verhinderte Cellistin nicht schon tot, lang hätte sie nicht mehr zu leben. „Vor einigen Tagen habe ich meinen Mann auf der Angelika-Höhe sitzen sehen mit einem Mann, ein vierschrötiger, bärtiger Kerl, aber bis ich droben war, ist der schon weg gewesen. *Ein Blödmann,* hat Olle nur gesagt, sonst nichts. Ich habe ihn vorher und nachher nie gesehen und auch das eine Mal nur aus der Ferne.“

„Wir suchen nach einer Verbindung zwischen dem Mord an Ihrem Ehemann und dem an Frau Lundgren. Es gibt einige Indizien, die den Unfalltod von Dokus Bilgeri mit der Sache in Verbindung bringen. Zum Beispiel Ihre Kontakte zu dem Herrn. Worum ist es dabei gegangen?“ Wieder suchen Ibeles Fingerkuppen den Weg zueinander, die Ellbogen stützen sich schwer auf die Knie, seine Augen fixieren einen nur für ihn sichtbaren Punkt auf Frau Olafsons Stirn.

„Nun, um wirklich offen mit Ihnen zu reden; es gab da eine alte Geschichte mit meinem Mann und Frau Lundgren. Sie wäre gerne mehr gewesen als nur seine Gesellschafterin, wenn Sie wissen, was ich meine.“ Ibele weiß, was sie meint, er weiß zudem, was sie ihm verschweigt; dass nämlich vor allem auch der alte Herr gerne mehr von der jungen Frau gehabt hätte – und nicht nur er. „So musste ich jemanden aus dem Dorf engagieren, um Handfestes zu erfahren von den Umtrieben der Dame."

„Warum haben Sie sich ausgerechnet den Herrn Bilgeri ausgesucht?"

„Ach, vielleicht wegen seiner schnellen Autos? Seine schönen Augen waren es ja nicht unbedingt! Ich weiß, dass er mit seinen Schlitten bei der Lundgren gepunktet hat, und man darf sich doch seinen Teil denken, nicht wahr?"

„Natürlich darf man das, Frau Olafson. Man darf außerdem fragen, was Sie von Frau Lundgrens privaten Aktivitäten in Vorarlberg wissen."

„Von ihren Schönheitsoperationen vielleicht? Meinen Sie das? Die interessieren mich wirklich nicht, das müssen Sie mir schon glauben." Das Glauben auf Befehl ist dem Inspektor vor langer Zeit verleidet worden. Steckt doch hinter einer solchen Aufforderung gerne ein leicht zu durchschauender manipulativer Imperativ.

„Sonst nichts? Sie haben ihr doch offensichtlich gründlich misstraut, wenn Sie extra einen so groben Klotz wie den Bilgeri auf sie ansetzen." Jetzt ist es an Ibele, sich entspannt zurückzulehnen. Er winkt sogar der jungen Maid, die mit einem Tablett durch den Garten stapft, und bestellt etwas Erfrischendes für seinen Kollegen und sich. Ja, Ingwerlimonade klingt gut, *selbstgemacht* noch besser! Frau Olafson braucht Zeit. Sie drapiert ihre schwarzen Schleier und Tücher neu, nimmt sogar die Sonnenbrille ab, was sie um einige Grade weniger unzugänglich wirken lässt, und fasst sich schließlich ein Herz.

„Was die Frau hier getrieben hat, weiß ich nicht. Aber in Schweden ist für sie einiges schiefgelaufen. Von ihrer Moral rede ich lieber erst gar nicht, selbst an den König hat sie sich herangemacht." Da durfte sie doch mit höchstem Entgegenkommen rechnen, möchte Ibele erwidern, beherrscht sich jedoch. Mit Nationalstolz ist nicht zu spaßen. „Es gab unlängst eine Verurteilung wegen Drogen oder so, eine gröbere Geschichte." Mit einer abwertenden Handbewegung beschließt die Gräfin ihre vage Anklage, lehnt sich zurück und setzt sich die enorme Sonnenbrille wieder auf die Nase. Wie eine moderne Elektra erscheint sie Ibele. Der Gedanke an Rache, an Blutrache, drängt sich wie von selbst auf.

„Hat Ihnen denn Herr Bilgeri wenigstens noch Informationen liefern können, Frau Gräfin?", unterbricht Baldreich Ibeles triste Reflexionen. Wie harmlos der böse Sarkasmus daherkommt, mit dem er seiner barschen Frage scheinbar unterwürfig die *Frau Gräfin* anfügt, ist eine Meisterleistung.

„Nein, nichts. Wir wollten uns morgen oder übermorgen an einem neutralen Ort treffen. Nur Andeutungen hat er gemacht gestern, von einem spanischen Arzt und zwei eingeborenen Hansln, die mit Frau Lundgren Geschäfte laufen hatten, mehr nicht. Ehrlich gesagt bereue ich es, mich überhaupt mit ihm eingelassen zu haben. Der Mann hat leider nichts von dem kapiert, worum es mir gegangen ist."

Der Gedanke, die Gräfin hätte ihre Reue via Porsche-Manipulation zu besänftigen versucht, taucht in Ibele auf, um alsogleich wieder unterzugehen. Ohne fremde Hilfe könnte sie solches nicht schaffen und so unübersichtlich war die Situation ihres verblichenen Gatten auch wieder nicht, als dass sich weiß Gott was für ein Aufwand zu ihrer weiteren Erhellung gelohnt hätte. Wenn die Frau Gräfin etwas zu verbergen hat, sagt sich Ibele, verrät sie es uns jetzt nicht. Aber sie wird so schwer daran tragen, dass sie es in Kürze gerne ablädt. Er schickt ein geheimes Zeichen zu seinem Adjutanten, indem er sein leeres Glas ins Gras fallen lässt und wie nebenbei kommentiert: „Hoppla, was tu ich denn da?“ Das bedeutet: *Was machen wir mit der?* Prompt erwidert Baldreich: „Vielleicht sollten wir das alles einfach liegen lassen?“

„Vielen Dank, Frau Olafson, Sie hören von uns, sobald wir etwas erfahren.“

Dienstag, 10. September 2013

XXIII.

Heute macht sich Isidor mit dem Postbus auf den Weg. Vielleicht gar des wunderbaren Herbstwetters wegen? Oder einfach, um ungestört seinen Gedanken nachhängen zu können, während die Ermittlungen voranschreiten? Ein Altweibersommer wie aus dem Bilderbuch verzaubert das Land. Eine wahre Farborgie aus Hell- und Dunkelgrün samt einem buchstäblich himmelblauen Firmament. Baldreich bleibt vorläufig im Kommando und widmet sich den Verknüpfungen rund um Herrn Rosenzweig, seine Konten und rätselhaften Freundschaften. Auch die Fährten der beiden ins Visier der Justiz geratenen und auf Wanderschaft befindlichen Sportsleute gilt es zu verfolgen, Interpol hilft dabei.

Die Schwarzenberger Bürgermeisterkanzlei präsentiert sich bieder, langweilig, altbacken. Genau der Tür gegenüber prangt auf der beige getünchten Längswand ein mächtiges Kruzifix. Niemand, der an Bürgermeisters Besprechungstisch Platz nimmt, entgeht dem leidend-verschwörerischen Blick des Gekreuzigten. Zwischen altbacken und verschwörerisch pendeln auch die Fakten, die das Gemeindeoberhaupt mit Unschuldsmiene kredenzt: Angefangen von Bilgeris Wiesen hinter der Sennerei, die von der Gemeindevertretung partout nicht umgewidmet werden, auf denen der Impresario aber am liebsten sein Hotel bauen möchte, wodurch Dokus mit einem Schlag aller Geldsorgen ledig wäre. Weiter zur Reihe der Gläubiger, die ihm einen Denkzettel verpassen möchten. Davon gibt es mehrere. Neben der Raiba im Dorf und ein paar

Frächtern ist da unter anderem der verrückte Schoppernauer, Giselbrecht mit Namen, dem er einen Batzen Geld schuldet, ein unbequemer Michl. Hat der viel davon, wenn sein Schuldner tot ist? Nein. Und warum musste Herr Olafson sterben, warum an der Roten Egg? Das wiederum entzieht sich der Kenntnis des Dorfchefs. Es scheint ihn auch nicht sonderlich zu interessieren. Fürchtet er denn nicht um den Ruf des Ortes?

„Meine Güte, Inspektor, meinen Sie wirklich, ich hätte damit etwas zu tun oder das hängt von mir ab? Fragt man mich? Nicht so viel, guter Mann!" Der Millimeterabstand zwischen Daumen und Zeigefinger veranschaulicht die gefühlte Bedeutungslosigkeit und des Bürgermeisters Gesichtsausdruck nähert sich bedenklich dem des unerlösten Erlösers hinter ihm.

„Dieser Giselbrecht, von dem Sie reden, muss man den ernst nehmen? Fehlen dem vielleicht zwei Finger?"

„Keine Ahnung, was dem alles fehlt! Und ehrlich, Inspektor: Wenn ich den auch noch ernst nehmen soll, kann ich gleich aufhören. Mir reichen schon die Gestalten hier im Dorf, von denen alle glauben, du bist ihr Seelenklempner und Prügelknabe. Vom Bürgermeister zum Dorftrottel ist's nicht weit!" Von der Lust zum Frust auch nicht, ergänzt Ibele insgeheim. Bilgeris Auto muss endlich untersucht werden, dann wissen wir, ob ihm jemand ungebührlich am Zeug geflickt hat. Das zuständige Männlein von der Landesregierung wird gleich da sein. „Behüt Euch Gott, Herr Bürgermeister", beinahe wäre Ibele noch ein *Gelobt sei Jesus Christus* entschlüpft, so sehr gleicht das Winken des Mannes einem Segnen.

Im alten Tanzhaus am Dorfplatz setzt sich der Inspektor auf ein Bänklein und wartet auf den Herrn von der Landesregierung, einen Hofrat Böckle. Noch dümpelt Bilgeris Porsche nämlich im Schwimmbecken des Schwarzenberger Freibades. Der Herr Hofrat aus dem Landeshoch- und Tiefbauamt will sich das im Rahmen einer Sonderprüfung persönlich ansehen und erst dann die Bewilligung zur Bergung erteilen, per amtlichem und behördlich zugestelltem Bescheid, versteht sich. Eine im Vergleich zu ihren Insassen viel zu protzige weiße Limousine hält vorschriftswidrig vor dem *Hirschen*. Das muss er sein. Die Beifahrertür öffnet sich; ein geschniegelter Typ in Anzug und Krawatte klettert aus dem Auto, schaut sich um, als gehöre ihm das alles, fährt mit einem kleinen Kamm durch das schüttere, mit glänzender Pomade auf den Schädel gepappte Haar. Oder ist es nur fettig? Gleich beim ersten Blick misstraut Ibele der Gestalt. So etwas kommt vor, nicht selten und nicht von ungefähr. *Spiegelneuronen* nennt es der Landespsychiater. Da steht einer vor dem Inspektor, der so sehr mit sich selbst beschäftigt wie der Realität der gewöhnlichen Menschen entfremdet ist. Ein Hofrat im 21. Jahrhundert eben. Entschlossen geht Ibele auf den Mann zu und stellt sich vor. Eine feucht-kalte Hand mit lächerlich kurzen Fingerchen legt sich kraftlos in seine ausgestreckte Rechte. Der Inspektor drückt unbarmherzig zu. Sein Gegenüber verzieht das glattrasierte Gesicht, als hätte ihn ein ekliger Frosch berührt.

„Grüß Gott, Herr Hofrat", beginnt Ibele mit aller gebotenen Freundlichkeit.

„Hallo Ibele, steig ein." *Hallo* und *Ibele*: Das ist so ziemlich das Letzte, was der Inspektor hören wollte. Das blöde *Hallo* hat er schon gefressen und die Zeit für ein *Herr* könnte sich auch der Herr Hofrat nehmen. Ibele schluckt beides widerwillig. Dann steigt er in den Fond des geräumigen Wagens, wortlos fahren sie zum Schwimmbad. Ibele traut seinen Augen nicht, als der Chauffeur für seinen Chef die Absperrbänder, die höchstens in Kniehöhe um das Becken mit dem demolierten Porsche gespannt sind, mit der Hand zu Boden drückt, damit der Hofrat sein Füßchen nicht allzu hoch heben muss. Abgesehen davon, dass der es nicht nötig hat, sich auch nur mit der winzigsten Silbe zu bedanken. Dagegen war selbst die Arroganz des Sonnenkönigs ein Klacks.

„Wann können wir denn das Auto da herausholen, Herr Hofrat? Wir müssen es dringend zur kriminaltechnischen Untersuchung bringen. Womöglich ist der Unfall mutwillig verursacht worden, es könnte sich also um einen Mord handeln“, bringt Ibele im Ton eines Bittstellers vor.

„Schau einmal her, Ibele, bevor hier nicht alles vermessen worden ist und das Landesstraßenbauamt die Leitschienen in der Kurve überprüft hat, geht gar nichts“, repliziert der Beamte, als hätte er es mit einem Idioten zu tun. Noch kann Ibele sich zurückhalten.

„Aber die Leitschienen haben doch mit dem toten Fahrer nichts zu tun, Herr Hofrat. Solange wir das Auto nicht überprüft haben, können wir den Toten nicht freigeben. Womöglich läuft hier irgendwo ein Mörder herum, der drei Menschen auf dem Gewissen hat. Sie müssen jetzt einfach eine Entscheidung treffen, bitte!“ Dieses *bitte* kommt Ibele nicht leicht über die Lippen, doch er weiß, wie weit man solchen Herrschaften manchmal entgegenkommen muss: sehr weit. Aber nicht zu weit!

„Wir werden das einer Expertenkommission vorlegen. So wie es im Moment ausschaut, kann ich gar nichts sagen oder beschließen, und was eure Mördergeschichten mit meiner Vermessung zu tun haben sollen, klären am besten die Fachleute. Wir haben schon angerufen in Wien. Morgen, spätestens übermorgen sind sie da.“ Alsbald sitzt man wieder im Dienstwagen, der auf des Hofrats Anweisung diesmal direkt zwischen Kirchenportal und Dorfbrunnen hält, eine Wandergruppe und einen Reisebus blockierend.

„Eine Expertenkommission? Aus Wien? Übermorgen?“ Der Hofrat hat den Bogen fast schon überspannt, viel Spielraum bleibt ihm nicht mehr. Gleich platzt Ibele der Kragen; aber dann! „Wissen Sie, was Sie mich übermorgen können, guter Mann? Wir sind doch hier keine Castingshow. Es geht um Menschenleben!“ Der unter der Haustür auftauchende und jovial winkende Hirschenwirt erntet nur einen halbherzigen Gruß des Inspektors.

„Menschenleben sind nicht mein Thema, Ibele. Ich bin Techniker. Für mich gibt es Normen und Vorschriften. Alles klar geregelt im Gesetz!“ Schluss! Wumm-Zack-Päng! Im Inspektor zerreißt etwas. Erstens kann er diesen Vorschriften-und-Experten-Jargon grundsätzlich nicht ausstehen. Dazu noch ist es nicht einmal ein Jargon. Es ist vielmehr Gerede, Geschwätz, Getue, ein unseliges Gemisch von Ablenkungsmanöver, Faulheit, Ausreden und Verlogenheit. Ibele goutiert es ganz und gar nicht, wenn ihm jemand das Gefühl gibt, ernstgenommen zu werden, nur um ihn gleichzeitig auf die hanebüchenste Weise für blöd zu verkaufen, so blöd, wie man ungestraft nicht sein darf. Inspektor Ibele mag es eben ums Verrecken nicht, zum Spielball fremder Eitelkeit oder gleich zum Sündenbock selbstverliebter Borniertheit gemacht zu werden. Somit reicht es ihm jetzt: Er lässt den sichtlich nervösen Typen, dem er bisher geduldig Rede und Antwort gestanden, mit dem er es im Rahmen seiner Möglichkeiten sogar gut gemeint hat, mit derbem Fluchen, ansonsten aber sang- und klanglos stehen:

„Heilandsack! Halt die Schnauze, Böckle, lass es gut sein! Mensch, gehst du mir auf die Eier! Du kannst mich mal!“, entfährt es ihm jenseits aller protokollarischen Rücksichten, begleitet von einer unmissverständlichen Handbewegung. *Ich kann auch anders,* heult es im Inspektor. Das Fass ist randvoll – und auch schon übergelaufen. Der gewünschte Effekt tritt augenblicklich ein. Der Hofrat ist sprachlos. Kein Wunder, Wichtigtuer dieses Typs sind in der Regel kleinlaut, sobald sie auf eine entschlossene und vor allem überlegene Intelligenz treffen, was unter Umständen, wie eben jetzt, sehr schnell gehen kann. Ibele lässt den Mann stehen, geht zurück ins Tanzhaus und greift zum Mobiltelefon. Hier hilft nur eines: Es gibt da jemanden in der Bezirkshauptmannschaft, der ihm einen Dienst schuldet. Keine Stunde später und lange bevor der Hofrat Ibeles Abfuhr halbwegs verdaut und einen Bericht an die Landhausbehörden auch nur entworfen hat, fährt ein riesiger Mobilkran in das Schwimmbadgelände und holt den triefenden Sportwagen aus dem Bassin, in dem große, in allen Farben des Regenbogens schimmernde Benzin- und Ölflecken schwimmen. Als wäre es ein Spielzeug, hievt er das bös zusammengestauchte Gefährt auf einen bereitstehenden Abschleppwagen – und ab die Post. Was vom Porsche übrig ist, ähnelt am ehesten einer gestrandeten Flunder. Die Freiheit war übrigens niemals grenzenlos und wird es nie sein, weder über noch unter oder in den Wolken.

XXIV.

Langsam verraucht Ibeles Zorn, doch die auf dem *Hirschen*-Parkplatz abgestellte Landeslimousine hält ihn am Köcheln. Hoffentlich lässt sich dieser Affe nicht mehr blicken! Zum Glück biegt in dem Augenblick der gelbe Postbus ums Eck und bremst sich zwischen dem *Adler* und dem *Hirschen* ein. Ibele mag es kaum erwarten, bis sich die Schüler lärmend und polternd ins Freie gezwängt haben. Endlich ist er diesen Menschen los. Dass er vom Regen in die Traufe kommt, wird ihm bald, aber doch zu spät bewusst. Denn kaum hat er sich ein paar Reihen hinter dem Chauffeur niedergelassen, sich schräg an die Fensterscheibe gelehnt und der Bequemlichkeit halber die Beine übereinandergeschlagen, hört er es. Das Radio. Gerade um eine Spur zu laut dröhnt der Regionalsender sein dümmliches Gute-Laune-um-jeden-Preis-Programm in die Welt hinaus und in den spärlich besetzten Bus hinein. Musikstücke, deren volkstümliche Primitivität einen – sofern vorhanden – schier um den Verstand bringt, begleitet von entsprechenden Kommentaren der haltlos plappernden Moderatoren. Wie man das den ganzen Tag lang aushalten kann, ist dem Inspektor schleierhaft. Schadlos aushalten zumindest. Noch hat er allerdings nicht alle Tücken einer solchen Postbus-Fahrt kennengelernt. Freilich auch nicht alle Vorzüge. Der Chauffeur, ein mönchisch-hagerer Großer, aber es könnte genauso gut ein feister Kleiner sein, hat hinter sich einen soeben zugestiegenen Bekannten entdeckt. Den verwickelt er nun in ein Gespräch. Dagegen wäre an und für sich noch wenig einzuwenden, auch wenn ein Täfelchen oberhalb der Tür das Sprechen mit dem Fahrer während der Fahrt verbietet. Es redet ohnehin hauptsächlich der Fahrer mit dem Fahrgast, der lediglich hie und da ein Stichwort einwerfen muss. Das genügt dem Kondukteur dann wieder für einen längeren Monolog. Den aber hält er mit mehr oder weniger unverwandtem Blickkontakt zu seinem Zuhörer! Darin ähnelt er den Fahrern in alten amerikanischen Filmen, die kaum einen Blick auf die sowieso kerzengerade Straße vor sich werfen, sondern unentwegt die schöne Frau an ihrer Seite anstarren. Nur dass hier weit und breit keine schöne Frau ist, und, noch wesentlich dramatischer, die Straße alles andere als kerzengerade verläuft – abgesehen davon, dass Leben und Hollywood grundsätzlich wenig gemeinsam haben. Mehr als einmal ist Ibele kurz davor, angesichts unübersichtlicher Kurven und gähnender Abgründe warnende Rufe auszustoßen.

Doch noch immer wartet eine Steigerung dieses sehr eigentümlichen Abenteuers auf ihn. Jetzt nämlich läutet das Mobiltelefon des Lenkers. Nicht lange allerdings, denn seine freie Hand, die linke, gräbt es, während die Rechte gestikulierend den Monolog begleitet, aus einem Ablagefach des Busses. Wer jetzt noch wie lenken soll, ist unklar. Seinen schräg hinter ihm sitzenden Bekannten mit einem viel zu langen Blick um Verständnis für die Unterbrechung bittend, nimmt der Sprecher-Fahrer ohne zu zögern den Anruf entgegen. Nicht, dass es etwas Dienstliches oder gar Dringendes wäre. Nein, ein Kumpel, dem der Fahrer vor wenigen Minuten, ihn auf einer Baustelle abseits der Straße erspähend, zugewinkt hat, ruft ihn spontan an. Man hat ja sonst nichts zu tun. Da geht es dann auch gleich um ganz grundsätzliche Dinge:„Hoi altes Haus, Grüß dich! Was treibst denn du die ganze Zeit? Man hat dich schon ewig nicht mehr gesehen! Wir sollten das bald einmal nachholen! ... Wie? Ja, die Sache mit dem Flinten-Georg hab ich gehört. Das war wirklich arg. Echt aber auch, das hätte ich nie gedacht von ihm. Wie kann einer nur so ein Depp sein! ... Das hätte er sich ausmalen können, dass die Alte sich das nie und nimmer gefallen lässt. Ausgerechnet die! Seien wir ehrlich: Grad die hat es nötig ... Was? Na sicher war ich auf dem Musikfest! Da hätten wir uns eigentlich sehen müssen, oder? ... Aso, ja dann! Hahaha, wenn ich rauschig hinter dem Zelt liege und du die Weinkönigin abschleppst, ist es natürlich schwierig! ... Du Walter, ich muss wieder! Mach weiter so, nimm's nicht so streng! Man sieht sich!" Dann folgen noch ein paar Hahahas und Hohohos. Schließlich beendet er nach solcherlei essentiellem Erfahrungsaustausch das Gespräch, nicht ohne die so wichtige Nummer des Kollegen zu speichern, was zwischen der Wiederaufnahme des Monologes und dem einen oder anderen flüchtigen Blick auf die Straße bewerkstelligt wird. Mit Müh und Not, beides annähernd gleich groß, verkneift sich Ibele eine Intervention. Dies umso mehr, als der gute Mann nun auch noch den Inspektor erkannt hat und ihn mit überflüssigen Bemerkungen zu seiner Arbeit in die Unterhaltung einbezieht. Da hilft nur noch eines: aussteigen. Ein paar Minuten sind noch zu ertragen, schon ist der Hittisauer Kirchturm in Sicht. Immerhin schafft es Ibele, den Blick des Fahrers wieder auf die Straße zu zwingen, von welcher er nur noch durch kurze Blickkontakte via Rückspiegel abgelenkt wird. Dann umrundet man das Gemeindeamt und endlich hat der Inspektor wieder sicheren Boden unter den Füßen. Man müsste wirklich einmal eine kleine Erzählung schreiben über diese *Cowboys de route!*

Ibele wirft einen sehnsüchtigen Blick hinüber zur *Krone* und wendet sich dem Frauenmuseum zu. Viertel vor drei; eine Viertelstunde bleibt ihm noch bis zu seinem Rendezvous mit der Sagenexpertin.

XXV.

Segne, Herr, mich und meine Kettensäge

Es ist still auf dem kleinen Platz zwischen Gemeindeamt und Raiffeisenbank. Still? Gewesen die längste Zeit, denn plötzlich ist es gar nicht mehr still. Ein höllischer Lärm wie von einem Geschwader auspuffloser Mopeds, ein Heulen wie im Innern eines Formel-1-Motors zerreißt scheppernd die Idylle und dröhnt Ibele in den Ohren. Was ist das? Ein Raketenstart? Ein Gokart-Rennen? Jetzt und hier? Am Dienstagnachmittag in Hittisau, zwischen Altersheim und Schule? Ungläubig nähert sich Ibele der Quelle des Krawalls. Tatsächlich, er kommt von da drüben, von einer großen Wiese, die vom Sportplatz der Schule und einem großen Wohnhaus begrenzt wird und im rückwärtigen Teil steil ins Tal der Subersach abfällt. Was Ibele sieht, entzieht sich noch mehr seiner Erfahrungswelt, seinen Vorstellungen und Erwartungen als das, was er hört. Gut und gern hundert Männer sind in militärischer Formation in zwei Blocks angetreten, die meisten mit grünen Hüten auf dem Kopf und angetan mit robuster Arbeitskleidung. Hoch über den Kopf erhoben halten sie ihr Werkzeug in den Händen: Motorsägen. Diese lassen sie mit Vollgas laufen, als gälte es, in Rekordgeschwindigkeit einen Regenwald abzuholzen. Nirgends aber ist auch nur ein Bäumchen zu sehen, dafür am Rand der Wiese ein Rednerpult mit Mikrophon und eine kleine Ehrentribüne, bestehend aus drei protzigen Sesseln mit pompösen Armlehnen, zwei Bierbänken und einem Tisch mit einer Reihe von Pokalen. Das muss der Bürgermeister sein, der in der Mitte Platz genommen hat. Links und rechts neben ihm sitzen zwei Herren in verdächtigem Ornat. Kein Zweifel: Es sind Gottesmänner, ein alter und ein jüngerer. In der zweiten Reihe der halbe Gemeindevorstand, zumindest die männlichen Exemplare, und eine Handvoll junger, kichernder Nonnen. Ein paar grellbunte Sponsoren-Transparente hängen schlaff von improvisierten Gestellen.

Mittlerweile sind auch die Balkone des Altersheims bis auf den letzten Platz besetzt. Selbst die Schwerhörigsten sind aus dem Mittagsschlaf oder sonstigem Dämmer erwacht und klammern sich wackelig ans Geländer. An den Fenstern der Schule kleben Scharen kleiner Gesichter. Was zum Teufel ist das? Was geht hier vor? Ibele wendet sich schließlich an einen ernst blickenden Mann, der sich soeben neben ihn gestellt und, die Rechte zum Rand des zerschlissenen Strohhuts führend, militärisch gegrüßt hat. Seine eine gute Handbreit zu kurze Hose, das schräg geknöpfte Flanell-Hemd und die schnürsenkellosen Schuhe bestätigen Ibeles Eindruck: auch das ein Heiminsasse. Bevor der Inspektor jedoch eine Frage formuliert hat, die der Auffassungsgabe des offenbar leicht desorientierten Nachbarn adäquat sein könnte, zieht ihn das Geschehen auf dem Platz erneut voll in seinen Bann. Der Lärm verstummt auf ein geheimes Kommando hin mit einem Schlag. Die Motorsägen werden – allerdings mit laufendem Motor – vor ihren Trägern auf den Boden gelegt, wo sie leise rattern und röcheln. Einer der Priester, ein älterer, imposanter Geistlicher in wehender schwarzer Kutte und weißem Stehkragen tritt ans Rednerpult, flankiert von seinem jungen Kollegen und zwei linkisch mit Weihrauchfass und Wasserkessel hantierenden Ministranten. Es ist der Altbischof, wie Ibele mit ungläubigem Erstaunen zur Kenntnis nimmt. Wenige Augenblicke später offenbart sich der tiefere Sinn des Spektakels. Mit zittriger Stimme und großteils vom Winde verwehten Worten schreitet der Gottesmann zur Tat. Gebärdenreich und salbungsvoll lässt er das Weihrauchfass kreisen und verspritzt mit einem mächtigen Wedel geweihtes Wasser in alle Richtungen. Auch der Bürgermeister bekommt seine Portion ab. Er wischt sie sich mit einem riesigen, bunten, nicht mehr ganz sauberen Taschentuch hölzern lachend aus dem Gesicht und von seinem rot-grün karierten Schlips. Müsste der nicht schwarz sein? Was Ibele miterlebt, ist eine Motorsägen-Segnung. Man glaubt es nicht, aber es ist wahr.

Wortreich überantwortet der Priester Sägen und Männer der Gnade des Herrn, der sie schützen und segnen möge, auf dass ihre Arbeit frei von Unglücksfällen, gedeihlich und fruchtbar sei, usw. Eine Motorsägen-Segnung: Warum nicht? Man segnet hierzulande ja auch Motorräder, Fabriken, Oldtimer, Ziegenställe und selbstverständlich Schwangere. Dass vor nicht allzu langer Zeit selbst in diesen sich so unschuldig und friedlich gebärdenden Dörfern hauptsächlich Hakenkreuzfahnen, Haubitzen und Sturmgewehre gesegnet wurden, will Ibele jetzt lieber nicht genauer erörtern.

XXVI.

Ein Glockenschlag reißt den Inspektor aus seiner Starre. Höchste Eisenbahn! Rasch löst er sich von der unwirklichen Szenerie, verabschiedet sich, ebenfalls salutierend, von seinem perplexen Nachbarn und eilt die paar Schritte hinüber ins Frauenmuseum. Die Sagenfrau wartet bereits mit einem fotokopierten Text, den sie Ibele noch im Stehen mit ausschweifenden Erklärungen überreicht. Der Inspektor versucht zu lesen, während die ebenso hagere wie gut informierte Dame pausenlos auf ihn einredet und dabei immer wieder mit ihrem knochigen Zeigefinger auf entsprechende Textstellen klopft und um ein Haar das Blatt in Ibeles Händen zerfetzt. Da steht:

Nachdem die Schweden unter dem gefürchteten Feldmarschall Graf von Wrangel anfangs Jänner 1647 Bregenz eingenommen und geplündert hatten, schickte dieser zwei Abteilungen Reiter nach Lingenau im Vorderwalde, damit sie sich, wie es in dem Befehle hieß, „des Gerichtes Lingenau bestens gebrauchen und den Nutzen teilen sollen". Die durch den jahrzehntelangen Krieg gänzlich verrohten Soldaten führten den Befehl gründlich durch, sie hausten furchtbar, plünderten, mordeten und erpreßten auf derart grausame Art, daß im Volke auch heute nach fast drei Jahrhunderten die Erinnerung daran nicht erloschen ist. Die Dragoner und Polacken des Wranglischen Heeres zogen von Bregenz auf den Sulzberg, wo sie alles ausplünderten und die Leonhardskapelle verbrannten. Gegen das Ende des Sommers 1647 zog Wrangel mit seiner Armee von Bregenz nach Schwaben, nur je eine kleine Besatzung blieb in Bregenz und Lingenau zurück. Da die Weiber und Kinder von Egg, Andelsbuch und Schwarzenberg in den Alpen sich aufhielten, wollten die Schweden ihre Streifzüge auch dorthin ausdehnen. Die Wälderinnen aber hatten beschlossen, den verhaßten Feinden entgegenzutreten, um sie zu vernichten. Als die Schweden gegen den Fallenbach hinaufkamen, standen sie plötzlich einer Schar todesmutiger Weiber gegenüber, die mit Kolben, Gabeln und Prügeln bewaffnet waren und sich mit Todesverachtung auf die Soldaten stürzten. Alle wurden erschlagen und an der Roten Egg begraben. Da die Wälderinnen damals weiße Juppen trugen, glaubten die Polacken und Dragoner, daß sie weißgekleidete österreichische Soldaten oder gar himmlische Wesen vor sich hätten. Den Sieg nahmen die Wälderinnen hinterher selbst als ein Wunder des Himmels und gelobten, die nur den Himmlischen gebührenden weißen Kleider durch schwarze zu vertauschen. Deshalb soll seither die Tracht der Wälderinnen dunkel sein. Für die Taten am Fallenbach erhielten die Frauen in ihren Heimatgemeinden das Vorrecht, beim Opfergange in der Kirche an den Altar vor den Männern gehen zu dürfen.

Das ist, bei aller Skepsis gegenüber der recht mangelhaft verbürgten historischen Realität der Ereignisse, mehr, als sich Ibele erhofft hat! Ein toter Schwede, eine tote Schwedin, dazu die Trachtenteile und die Frauenkleider. Ein Berserker ist am Werk. Einer? Das ist noch nicht sicher, aber leicht möglich. Letztlich ist es egal, ob du einen suchst oder zwei, sagt sich Ibele, weil sie alle am selben Ort zu finden sind: auf der Verliererstraße. Die Museumsfrau zeigt durch ein raumhohes Fenster hinüber auf die andere Talseite.

„Was muss in diesen Männern vorgegangen sein, als sie auf den Haufen weiß gewandeter Frauen gestoßen sind, die mit den abstrusesten Geräten und wahrscheinlich mit lautem Gezeter auf sie losgegangen sind? Dieses eine Mal mag es ein Vorteil für uns Frauen gewesen sein, gar nicht als wirkliche Menschen angesehen zu werden. Das hat die Schweden sicher umso mehr erschreckt.“ Was Ibele auffällt, ist das *uns*, mit dem sich Pauline, mit diesem Namen hat sich die Museumsfrau vorgestellt, noch nach fast vierhundert Jahren mit den wilden Weibern identifiziert. Er erkundigt sich nach den derzeitigen Anführern der Trachtenträgerinnen. Die *Anführer* bescheren ihm eine offen abschätzige Korrektur, es gebe eine *Obfrau*, keinen Anführer, man sei doch keine Räuberbande. Diese wohne hier im Ort, Imelda von der Thannen, bei ihr erfahre der Inspektor alles über die Juppe und ihre Geschichte und noch mehr über die Jüpplerinnen. Die sind nämlich bekanntlich ein eigenes Völklein. Kleider machen eben Leute. Gerne hätte sich Ibele mit Pauline noch über das zweifelhafte Privileg unterhalten, beim Opfergang vor den Männern gehen zu dürfen, doch sie hat kein Ohr für derartige Späße. Er solle nur schauen, dass er weiterkomme und Imelda noch erwische, das stehe ihm besser an, als hier mit unnötigen Sprüchen seine Zeit zu verlieren, rät sie energisch. Dem hat Ibele nichts entgegenzusetzen, wundert sich nur einmal mehr über die hier herrschende Direktheit der Konversation. Ohne lange Umschweife holt der Inspektor sein Mobiltelefon hervor und bestellt Baldreich umgehend nach Hittisau, in die *Krone* natürlich. Diesen Giselbrecht muss man sich anschauen.

Frau von der Thannen empfängt den Inspektor, offenbar von Pauline telefonisch vorgewarnt, freundlich und zielstrebig. Ibele möchte den Besuch gerne kurz halten, um vor dem Eintreffen von Baldreich noch in der *Krone* drüben einzukehren.

„Sie können sich wahrscheinlich denken, warum ich hier bin, Frau von der Thannen!", kommt er nach einer kurzen Begrüßung gleich zur Sache. Der schattige, gartenlaubenartige, verglaste Vorraum samt Sofa, Hängematte und klobigen Sitzmöbeln, in den man ihn führt, schaut ihm verdächtig danach aus, als wohne hier jemand, für den Zeit aber schon gar keine Rolle spielt. „Vielleicht können Sie mir einen Hinweis geben, wer so etwas tut, wie es am Sonntag da drüben passiert ist?"

„Wissen Sie, Herr Kommissar, das möchte ich nicht einmal wissen, wer so etwas tut, weil so etwas tut man einfach nicht." Das ist natürlich auch eine Logik! Wie aus dem Nichts hergezaubert, hält sie plötzlich das säuberlich ausgeschnittene Tatort-Bild aus dem *Vorarlbergboten* in der Hand. „Setzen Sie sich da her, vielleicht finden wir etwas", lautet dann das keinen Widerspruch duldende Kommando der resoluten Obfrau.

Ehe er es sich versieht, sitzt Ibele auf einer geräumigen Veranda an einem großen Tisch und ist von Juppenelementen aller Art umgeben. Ungefragt häuft die rührige Dame Textilien verschiedenster Herkunft und Beschaffenheit auf. Zwar ist es Ibele nicht so sehr darum zu tun, Fotoalben mit Trachtenhochzeiten durchzublättern oder Stoffproben zu begutachten, diverse Kopfbedeckungen zu bestaunen und zu sehen, wie hundertjährige Gürtel sich an Imeldas gut gepolsterte Hüfte schmiegen, aber es nützt nichts. Bevor er seine Frage nach den aktuellen Entwicklungen im Juppenwesen ins richtige, nämlich gesellschaftliche oder noch besser: kriminalistische Fahrwasser bringt, muss er viel erfahren über unpassende Frisuren, neumodische

Haarfarben und das richtige Tragen des obligaten Ledergürtels. Das Gürtelende muss nämlich nach hinten links zeigen.

„Schaut es nach rechts, dann ist man auf Männersuche und das gehört sich einfach nicht", dekretiert die Gralshüterin streng. Gehört sich nun die Männersuche als solche nicht oder nur das Outing derselben? Wer soll sich da auskennen? Oder das leidige Körperschmuck-Thema gar: Eine Trachtenträgerin samt Nasen-, Ohren-, Zungen- oder weiß der Teufel was für Piercings kommt in Imeldas Augen einer Fahrkarte zur Hölle gleich. Wie sie es denn mit Tattoos halte, kann sich Ibele nicht verkneifen nachzufragen, worauf die Obfrau sich doch tatsächlich mit einem inbrünstigen Blick auf den nahen Kirchturm bekreuzigt und mit einem entsetzten „Du lieber Gott, do hört alls uf!" ins Haus stürzt. Sie kehrt kurz darauf mit einer Fotografie zurück, die, von hinten aufgenommen, den Kopf und den Nacken einer jungen Frau zeigt. Auf einer wasserstoffblonden Kurzhaarfrisur sitzt eine zylindrische, nach oben spitz zulaufende schwarze Wollkappe, ein Samtband liegt eng am Hals. So weit, so gut. Unter einer grellorangen Bluse hervor aber ringelt sich eine üppig ornamentierte Körperbemalung in Schwarz und Dunkelrot, die bis hinauf zum Haaransatz die ganze Breite des Halses einnimmt. Wortlos knallt Imelda das Foto auf den Tisch, platzt dann aber heftig in Ibeles langes Schauen hinein:

„Das war beim großen Trachten- und Musikfest in Reuthe, 2006, eine Mellauerin ist das gewesen, eh klar, dort ist ja die Sünde zuhause! Wir haben sie nach Hause schicken wollen, da ist sogar die Bürgermeisterin angetanzt und hat sie in Schutz genommen. Mein Gott, wenn das meine Mutter gesehen hätte! Die einen lassen sich Nadeln überallhin stechen, sogar in die ..., na Sie wissen schon, Herr Kommissar, die anderen trinken literweise Bier – und dann noch die Tätowierungen Am Ende ist damals der Halbwahnsinnige aufgetaucht, der den schönen Schwedenwagen abräumen wollte. Es könnte einem grad die Freude an allem vergehen!"

Sie reißt Ibele das Bild aus der Hand und wirft es in eine große Schachtel. Der Wahnsinnige interessiert den Inspektor deutlich mehr als alle Rangeleien um Tradition und Neuerung im Trachtenwesen. Ihm sind die Feierabend-Marschiererinnen und -Marschierer, die Trächtigen, wie er sie bei sich nennt, alle gleich suspekt bis unsympathisch, denn was sie wirklich ausbrüten, weiß niemand, bis der nächste Rattenfänger aus dem Keller steigt. Ob sie ihm sagen könne, wer das gewesen sei, dieser Wahnsinnige, fragt er Imelda, die sich nur langsam beruhigt.

Den kenne doch jeder, meint sie.

„Ich nicht", kontert Ibele gelassen.

„Ein gewisser Giselbrecht aus Schoppernau, ein kompletter Spinner. Er hat scheinbar überhaupt ein ärgeres Problem mit der Tracht. *Vorveen* hat er sogar die Schoppernauer Funkenhexe gestohlen und in eine Juppe gesteckt." Warum sollte der nicht auch einen alten Schweden verkleiden, fragt sich Ibele unwillkürlich.

„Vorveen?", hakt er neugierig nach.

Na, eben vor zwei Jahren, im Vorvorjahr, übersetzt die Expertin. Vom Kirchturm schlägt es halb fünf.

Nach einem langwierigen, aber schließlich doch erfolgreichen Abschied von der Trachtenfrau, die dem Gast liebend gerne noch ihre Kollektion antiker Trachtenteile vorgeführt hätte, wendet sich der Inspektor der *Krone* zu. An einem hinter der Theke versteckten Tisch findet sich ein Plätzchen für Ibele. Auf seine Frage nach einem kleinen Imbiss oder so reicht ihm die Serviertochter die Jausenkarte. Ibele weiß, wonach er sucht. Die Schweinshaxensulz ist es, ja, die große Portion bitte, mit viel Zwiebeln und ordentlich Kernöl über der ganzen Geschichte. Weil er die Leichtigkeit des Sommers noch einmal heraufbeschwören möchte, ordert der Inspektor einen weißen Spritzer. Das ist nicht unbedingt originell, es muss auch nur passen, und das tut es bestens. Überraschend schnell trifft Baldreich ein. Oder ticken in diesen Stuben die Uhren anders? Gedehnter, voller, entrückter allem allzu Menschlichen? Zeit für einen Espresso findet sich, und für einen kleinen Plausch mit dem jungen Wirt. Nur die vor dem direkt am Dorfplatz gelegenen Kirchenportal vorbeidonnernden Riesenfuhren mit frischem Heu bringen die Gegenwart zurück ins Bewusstsein und mahnen die Kriminalisten zum Aufbruch.

Die Fahrt taleinwärts gerät unwillkürlich zur Sightseeing-Tour. Obwohl sich Ibele und Baldreich einer minutiösen Analyse der möglichen Tatverläufe hingeben, ist der Zauber des Herbstabends nicht zu übersehen. Rastlos wandern die Augen vom Blau des Himmels über das Grün der Wiesen zu den sich in ein kräftiges Gelb kleidenden Wäldern. Ist nicht das Staunen der mächtigste Antrieb allen Erkennens, wie die Philosophen behaupten? Mächtig aufragende Schrofen und Felswände, allen voran die Kanisfluh, tun neben den schmucken Holzhäusern ein Übriges, um die beiden Männer in eine versöhnliche, milde Stimmung zu versetzen.

Giselbrechts Behausung ist leicht zu finden, aber schwer zu erreichen. Ganz am Ortsende geht es links einen steilen Güterweg hinauf, der einen Wildbach entlang durch den Tannenwald führt. Wehe, wenn es hier einmal ordentlich regnet, dann wird die Idylle im Handumdrehen zum Inferno. Darf man denn an solche Stellen Häuser bauen? Gibt es keine Gefahrenzonenpläne? Auf einer annähernd herzförmigen Lichtung ducken sich drei Bauernhäuser in den arg abschüssigen Hang. Bei zweien sind die Fensterläden geschlossen, beim dritten sind sie offen, dafür hängen sie schief an dem einst durchaus stattlichen Gebäude, dem jetzt ein bisschen Farbe und ein paar neue Schindeln nicht schaden würden. Vor der halb offenen Haustür steht ein kleines, knallrotes Auto; nein, kein Samurai. Es ist laut einer hinter der Windschutzscheibe angebrachten Tafel ein Fahrzeug der mobilen Hauskrankenpflege. Ibele klopft pro forma an die Tür und tritt ein. Halbdunkel empfängt ihn, dazu der Duft von Herdfeuer und Bratkartoffeln. Baldreichs lautem „Hallo, ist hier jemand?" antwortet eine helle Stimme aus dem oberen Stock: „Moment, ich bin gleich da, wart schnell!" Zwar weiß Ibele nicht, wie man *schnell* wartet, er ist aber ausreichend beschäftigt mit der visuellen und olfaktorischen Orientierung – zumal auch die Tür in die niedrige Stube und in die dahinter befindliche Schlafkammer weit offen stehen. Die helle Stimme macht ihre Ankündigung, gleich da zu sein, wahr; so finden sich die Inspektoren umgehend einer jungen Frau gegenüber, die ausgesprochen fröhlich die steile Treppe herunter und ihnen fast in die Arme springt.

„Grüß Gott, die Herren! Sie wünschen, wir spielen!" So richtig ernst gemeint ist das nicht, doch *die Tina*, wie sie sich vorstellt, versprüht viel Charme und Herzlichkeit, was in der düsteren Umgebung der rußgeschwärzten Küche noch mehr auffällt. Ibele präsentiert seinen Assistenten und hält Tina etwas zu wichtigtuerisch die eigene Dienstmarke unter die Nase.

„Mit wem haben wir das Vergnügen?“, fragt er, um Tina die eh nicht vorhandene Scheu zu nehmen.

„Ich bin von der Hauskrankenpflege, tu nur grad die Frau Giselbrecht versorgen.“

„Ist denn ihr Mann nicht da, der Dagobert?“ Schallendes Gelächter antwortet dem Inspektor.

„Ihr Mann? Der Dagobert ist der Sohn, Herr Inspektor! Entschuldigen Sie, wenn ich lache, aber was Sie sagen, passt wie die Faust aufs Auge! Wäre der Dagobert ein Mann, hätte er schon lange Reißaus genommen, wie sein Vater. Er ist ein Bub und bleibt ein Bub! Die alte Dame da oben ist ein sehr schwieriger Fall! Nur ändern kann die jetzt niemand mehr und wundern muss man sich auch nicht, dass sie so geworden ist, oder?“ Das hat Ibele gelernt: sich nicht zu wundern; wenn auch um den Preis etlicher verlorener Illusionen.

„Wir würden ihn trotzdem gerne sprechen, den Dagobert. Ist er nicht da?“

„Nein, doch weit kann er nicht sein. Im Herd brennt noch Feuer und die Kartoffeln habe jedenfalls nicht ich in die Pfanne geworfen. Aber bei dem weiß man nie, was in seinem Kopf vorgeht. Vielleicht ist er hinunter in den *Engel* oder gar ins Altersheim, pardon, ins Sozialzentrum, zum Kartenspielen. Ich kann dort anrufen, wenn Sie wollen.“ Ein kurzes Nicken genügt. Tina eilt zum Auto, um ihr Telefon zu holen, Ibele und Baldreich sehen sich weiter um. Im Herrgottswinkel der Stube hängt eine gerahmte Fotografie: ein etwa vierzigjähriger Mann und ein kleiner Junge neben einer soeben gefällten, riesigen Tanne. Ibele bemerkt etliche helle Rechtecke, als hätten hier noch mehr Bilder gehangen, die erst kürzlich entfernt wurden.

„Nein, drunten im Dorf ist er nicht, im *Engel* nicht und nicht im Heim. Wahrscheinlich treibt er sich im

Wald herum. Da kann es lange dauern, bis er nach Hause kommt, oder er kommt gar nicht. Er hat es nicht so mit den Menschen."

„Sie wissen nicht zufällig, wo er sich in den letzten Tagen herumgetrieben hat?"

„Nein, das weiß ich nicht. Wie gesagt, er ist etwas eigenwillig, der Dagobert. Warum müssen Sie das überhaupt wissen? Hat er vielleicht etwas angestellt?"

„Sie haben sicher gehört von den Toten am Schwarzenberg und an der Roten Egg, oder? Es gibt ein paar Spuren, die zu Dagobert führen."

„Aber der tut doch niemandem etwas! Wenn Sie wüssten, wie er sich von der Mutter herumkommandieren lässt! Und beim Kartenspielen mit den Alten im Heim ist er die Gutmütigkeit in Person. Er lässt alle gewinnen und wenn er vor lauter Trümpfen einmal gar nicht mehr anders kann als stechen, steigen ihm leicht die Tränen in die Augen! Ein Kind eben. Grad am Samstag hab ich ihm zugeschaut. Es ist kaum zu glauben."

„Am vergangenen Samstag, sagen Sie?", fragt Baldreich.

„Ja, am Samstag. Oder war es der Sonntag? Was jetzt? Richtig, es waren beide Tage! Ich habe meinen langen Wochenenddienst gehabt. Am Samstag ist er sogar mit mir hinuntergefahren ins Dorf."

„Und am Sonntag, wie war er da unterwegs? Mit dem eigenen Auto vielleicht?", will Ibele wissen. Es wäre doch möglich, dass der Samurai auftaucht, nicht wahr?

„Zu Fuß, Herr Inspektor. Erstens macht dem Dagobert das Gehen gar nichts aus, der wandert kreuz und quer durch den Bregenzerwald, das ganze Jahr über. Zweitens hat er kein Auto, nicht einmal einen Führerschein. Ob er überhaupt fahren kann?" Woher soll das der Inspektor wissen? Dem zerrinnt inzwischen eine schöne Hypothese zwischen den Fingern. Giselbrecht und der Samurai: doch keine heiße Spur? „Obwohl", holt ihn Tina aus der aufsteigenden Enttäuschung, „auskennen tut er sich schon mit Autos, mit Motoren und so Zeug. Er repariert im halben Dorf alte Seilwinden und ist ein echter Unimog-Experte." Auch gut, wenigstens das. Die Hoffnung stirbt zuletzt, und noch hartnäckiger hält sich der eine oder andere Verdacht, wenn er sich erst einmal in den Köpfen eingenistet hat.

Mittwoch, 11. September 2013

XXVII.

Wenig hätte Olle Olafsons Mörder über die beiden Tage seit seiner Tat zu berichten gewusst. Am Sonntag führte ihn nach dem vorzeitigen und unfreiwilligen Verzicht auf das Fluchtfahrzeug ein mehrstündiger Marsch nach Hause. Nicht nur aus den beiden defekten Reifen war die Luft entwichen; nicht nur der Tank des Autos war leer; auch ihm selbst ging mit einem Schlag alle Energie, alle Selbstverständlichkeit verloren. Kein Weg führte mehr aus ihm selbst in die Welt hinaus; erst recht keiner aus der Welt hinein in sein abgestorbenes Fühlen. Die Selbstverständlichkeit des Wollens verschwand zuerst, dann auch die des einfachsten Tuns und schließlich die Einheit mit sich selbst. Zurück blieb nur ein dumpfes Gefühl. Das, vermischt mit einem unsäglichen Stolz, trieb ihn hinunter ins Dorf. Gerade dort, wo er am wenigsten damit rechnen durfte, wollte er sich jetzt die Bestätigung holen für sein Handeln, ja, für nicht weniger als seine ganze Existenz. Als er unten ankam, war die Sonne schon seit einer Weile hinter der mächtigen Kanisfluh verschwunden und dunkle Schatten legten sich über die verstreuten Weiler mit ihren ins Tal geduckten Häusern. Niemand von denen, die ihm begegneten an diesem Tag oder an einem der beiden folgenden, wäre imstande gewesen, das Unbehagen zu beschreiben, von dem er oder sie augenblicklich ergriffen wurde. Besonders die Frauen verspürten allesamt einen unüberwindlichen Ekel, Angst und Wut, *als hätte er ihnen mitten ins Gesicht gespuckt*, wie es eine nannte. Auch wenn die Zeugenprotokolle neben den Berichten über den Mörder einiges an Rückschlüssen über die Aussagenden selbst und ihre Geheimnisse zuließen, lief es dem Inspektor noch beim nachträglichen Studium kalt über den Rücken. Was der Berserker gefunden und noch mehr, was er gesucht hat, weiß kein Mensch. Gerechtigkeit vielleicht? Wenn ja, dann nur für sich selbst. Endlich Gerechtigkeit für sich selbst, nach Jahrzehnten der Entmündigung, nach den nie enden wollenden gehässigen Kommentaren! Nicht nur allen Frust und alle Bosheit der Mutter hatte er ausbaden müssen, sondern dazu noch die ständigen Versuche der Dorfbewohner, ihn zu übervorteilen und auf primitivste Art zu betrügen.

Selbst die scheinbar nebensächlichste Lehre des Vaters hat er gewissenhaft umgesetzt, seinen Wald gepflegt wie einen Park, sämtliche Regeln und Vorschriften penibel eingehalten, von der Rücksicht auf mondphasengerechte Schlägerung bis hin zu den nicht immer leicht nachvollziehbaren Auflagen der Behörden. Sogar dem kleinlichen Neid der Nachbarn mit ihren teils winzigen Waldparzellen hatte er möglichst wenig Angriffsfläche zu bieten versucht, da und dort auch zum eigenen Nachteil. Und die Mutter? Wonach sie schrie, aus ihrer Kammer herunter, war ihr gewährt worden, Tag und Nacht. Bis am Freitag. Mehr Kraft war nicht aufzubringen gewesen.

Was der *Vorarlbergbote* am Montag über den Mord an der Roten Egg berichtet, liest er aus einer mehr als kritischen Distanz. Gut, dass das Auto auf dem Alpweg stehengeblieben ist. Gut, dass er sich rechtzeitig aus dem Staub gemacht hat, bevor der Pinkler ihn entdeckte. Gut auch, jetzt zuhause zu sitzen und von Stunde zu Stunde stärker eine Freiheit zu empfinden, wie er sie noch nie gekannt hat. Nichts und niemand tut ihm leid. Lange genug hat er sich selbst leidgetan. Nie hat jemand je Notiz davon genommen. Jetzt ist eigentlich alles getan. Nur noch warten, bis die Mutter ihren Frieden findet, den ewigen, und dann ... Erst am Dienstag fällt ihm auf, wie wichtig sich die Witwe des Schweden macht. Ihr Foto im *Vorarlbergboten* macht ihn maßlos wütend, der kurze, reißerische Bericht im Regionalfernsehen gibt ihm den Rest. Eine *Bestie* nennt sie ihn! Was will die Hexe? Eine Gräfin soll das sein? Er wird ihr zeigen, wie man hier mit solchen Gespenstern umgeht! Darauf kommt es auch nicht mehr an, oder doch: Genau darauf kommt es jetzt an! Reinen Tisch zu machen und den Rest der Bagage zum Teufel zu schicken.

Dies oder ähnliches mag in Giselbrechts Kopf vorgegangen sein, als nach einem todesähnlichen Schlaf das Erwachen am Mittwochmorgen wie ein tiefer Riss in sein Bewusstsein eindrang. Es sind nicht nur die paar Gläser Schnaps vom Vorabend, die sein Empfinden trüben. Noch mehr ist es der Entschluss, der aus all dem Vorangegangenen entspringt, aus einer Tiefe, die zuletzt er selbst in sich vermutet.

Droben im ersten Stock hantiert Tina mit der Mutter herum. Waschen, frühstücken, und, wie jeden Mittwoch, eine Stunde Gymnastik, Bewegung, Therapie. Ihre Handtasche hat die Pflegerin auf dem Küchentisch abgelegt. Sie ist weit offen. Konrad, wie er sich selbst trotzig mit des Vaters Vornamen anspricht, holt das Mobiltelefon heraus. Die Nummer kennt er auswendig. Erstaunlich vieles kennt er auswendig, denn sein Gedächtnis ist seit Langem darauf eingestellt, sich auf einen sehr schmalen, aber tiefen Ausschnitt des Erlebten zu konzentrieren, anderes auszublenden, vieles zu verwerfen. Das folgende Gespräch ist kurz, Zuhören ist nicht Konrads Sache. Er sagt, was zu sagen ist.

Die Alte wird sich gefälligst danach richten. Etwas anderes bleibt ihr nicht übrig. Noch fehlen knapp drei Stunden.

XXVIII.

Wie unmenschlich ist das Zitieren.
Peter Sloterdijk

Vom richtigen Zeitpunkt hängt alles ab, nicht nur das Pflanzen von Radieschen. Glücklich ist einer wie Ibele, dem es durch lange Übung zur zweiten Natur geworden ist, die Tage nicht nach Stunden, sondern nach Gelegenheiten einzuteilen. So vermeidet er vor allem die blindwütige Orientierung am Erstbesten. Kein noch so laut gepriesenes Event kann so wichtig sein, dass es Ibele etwas angeht. *Kairos* heißt ein schöner Begriff des Inspektors für das, was seine Herangehensweise an die Welt leitet. Er besagt nicht mehr und nicht weniger, als dass es eine Zeit gibt für alles, auch für Entscheidungen; einen Zeitpunkt, an dem sie im Einklang mit dem Größeren getroffen werden können. Wenn die Spannung stimmt, sollst du den Pfeil auf den Weg schicken. Natürlich kommt eine solche Erkenntnis an einem Morgen wie heute wesentlich ruhiger daher, als das in der Theorie klingen mag. Dem gewohnten Frühstück, dem Isidor heute seinem Eiweißhaushalt zuliebe bedenkenlos ein weichgekochtes Ei hinzufügt, folgt der Gang ins Kommando. Der Herbst legt Glanz und Frische über die Stadt, besonders zu dieser frühen Stunde. Fröhliche Schulkinder beleben lärmend die Straße. Jetzt, in der ersten Schulwoche, sind sie noch voller Elan und Begeisterung; sogar die Lehrer auf ihren Fahrrädern mit den dicken Ranzen auf den Gepäckträgern strahlen Optimismus und Leichtigkeit aus. Ibele nimmt das Seine davon mit ins Büro. Er nutzt die auch hier noch herrschende morgendliche Gelassenheit für ein weiteres Studium der Lundgren-Akten, bis ihn ein Anruf aus Schwarzenberg erreicht. Der Hirschenwirt informiert recht aufgeregt oder auch nur unsanft geweckt über Frau Olafson. Ist sie abgereist? Nein, es ist vor einer Viertelstunde eine telefonische Morddrohung gegen sie eingegangen!

„Von wem denn?“, gibt sich Ibele pragmatisch und winkt Baldreich zu sich. Was die dort eine Viertelstunde lang getan haben, fragt er sich. Auch Antoinette Hagen erkennt am Tonfall ihres Chefs, dass etwas Ungewöhnliches vorgeht und bleibt, da sie gerade einen Espresso auf seinem Schreibtisch abstellt, gleich stehen, einen unwiderstehlichen Hauch von Lavendel verbreitend.

„Von mir nicht, Isidor!“, retourniert der Hirschenwirt ungehalten.

„Das habe ich mir gedacht. Wer hat denn den Anruf entgegengenommen? Frau Olafson selbst?“

„Nein, unsere Annelies.“

„Dann frag die Dame doch einmal um die Nummer des Anrufers!“

„Ja, einen Moment bitte, Isidor.“ Im Hintergrund vernimmt Ibele ein nervöses Hin und Her von Stimmen. Frau Annelies scheint über die Intervention ihres Chefs nicht sehr erfreut zu sein.

„So, ich hab’s, es war ein Mobiltelefon mit der folgenden Nummer …“ Ibele wiederholt laut und Antoinette schreibt mit.

„Gut, und was wollte der Anrufer, ich nehme an, es war ein Mann?“

„Sicher ein Mann. Er will Frau Olafson den Hals umdrehen, aber zuerst soll sie ihm 50.000 Euro bringen.“ Ein tolles Angebot. Entweder ist der Kerl meschugge, oder er hat seinen Rausch noch nicht ausgeschlafen.

„Kannst du mir genauer sagen, was geredet worden ist?"

„Nein, das kann Annelies, sie hat mit dem Kerl geredet, einen Augenblick bitte, ich geb sie dir." Wieder raschelt und knistert es an Ibeles Ohr, dann meldet sich entschlossen Annelieses rauchige Altstimme.

„Herr Inspektor?"

„Ja, Frau Annelies, einen schönen guten Morgen wünsche ich Ihnen. Erzählen Sie mir bitte, was der Anrufer wollte. Haben Sie vielleicht einen Verdacht, wer es gewesen sein könnte?"

„Der Sprache nach ein Hinterwälder, kennen tu ich die Stimme nicht. Schätzungsweise mittleres Alter, das ist bei Männern schwer zu sagen, zwischen 40 und 60 schätze ich." Warum das ausgerechnet bei Männern schwer zu sagen ist, leuchtet Ibele nicht ein, ist aber fürs Erste irrelevant und nicht das einzige Rätsel, das die spröde Schöne aufgibt. „Er will Frau Olafson heute um elf Uhr an der alten Brücke drunten im *Loch* treffen und 50.000 Euro von ihr haben."

„Hat er gesagt wofür?"

„Fürs Weiterleben, hat er gemeint, und sie solle ja allein kommen, sonst kann sie gleich das Kreuz machen. Dann hat er aufgelegt."

„Danke, Frau Annelies! Sie tun bitte jetzt gar nichts, der Herr Hirschenwirt auch nicht und Frau Olafson noch weniger. Am besten bleiben alle im Haus. Wir melden uns in Kürze bei Ihnen!"

„Eine Frage noch, Herr Inspektor. Frau Olafson hat um zehn einen Friseurtermin in Egg, kann sie den einhalten oder brauchen Sie etwas von ihr?"

„Sie soll meinetwegen hingehen. Wenn es nötig ist, finde ich sie schon.“

Ibele legt auf, geht zu einem anderen Apparat, drückt ein paar Knöpfe, macht Antoinette ein Zeichen und schon diktiert sie ihm die ominöse Nummer. Es dauert ein Weilchen, bis sich ein etwas atemloses Frauenstimmchen meldet, das Ibele bekannt vorkommt.

„Tina, hallo?“

„Tina?“, wiederholt Ibele erstaunt. Das ist doch die Pflegerin der Giselbrecht-Mutter! Von Baldreich kommt eine Geste wissenden Staunens: Er verzieht das Gesicht zu einer Franz-Xaver-Messerschmidt-Grimasse und reckt triumphierend einen Daumen in die Höhe. Ein bisschen viel Emotion auf einmal für einen Tiroler, findet Ibele, doch auf seine Art teilt er in diesem Fall den Überschwang seines Kollegen.

„Frau Tina, von Ihrem Telefon aus ist vor einer Viertelstunde der Schwarzenberger *Hirschen* angerufen worden, und zwar von einem Mann. Sie können uns sicher sagen, wer das war?“

„Das kann nur der Dagobert gewesen sein, Herr Inspektor! Ich bin bei seiner Mutter und habe ihn drunten herumrumoren und reden gehört. Warten Sie, ich schaue sofort nach ... Ja, das muss es sein, eine Schwarzenberger Nummer, um acht Uhr vier.

„Wo ist er jetzt?“, kommt es leicht nervös von Ibele.

„Jetzt ist er fort. Moment mal ... Ja Sakrateiflnochamol! Der ist mit meinem Auto abgehauen! Was soll denn der Quatsch?“

„Fräulein Tina, der Quatsch soll einiges. Bleiben Sie bitte, wo Sie sind, und informieren Sie uns, sobald er auftaucht. Wenn Sie ums Haus ein paar Gestalten wahrnehmen, bleiben Sie ruhig. Ich schicke unsere Männer hinauf. Was ist das überhaupt für ein Auto?"

„Es ist ein roter VW Polo mit weißer Aufschrift, das Kennzeichen ist B 499 DN. Was ist denn passiert? Hat er etwas angestellt?"

„Noch ist gar nichts passiert, und das mit dem Anstellen ist wahrscheinlich schon ein paar Tage her. Wir sollten Ihren Dagobert nur besser so schnell wie möglich finden."

„Na dann viel Glück, Inspektor ... Jaja, ich komme schon!" Letzteres gilt nicht mehr dem Kriminaler, sondern der alten Frau, die lautstark danach verlangt, bewegt zu werden. Das kann sie haben! Es mag ja sein, dass dieser Giselbrecht mit den anderen Morden nichts zu tun hat, aber so dilettantisch, ja idiotisch, wie er mit Frau Olafson umgeht, macht er sich arg verdächtig!

Die nächsten Schritte sind schnell in die Wege geleitet. Es ist jetzt halb neun Uhr morgens. Eine Alarmfahndung nach dem Krankenpflegewagen wird ausgelöst. Achtung: gefährlicher, unberechenbarer Fahrer. Eine Streife setzt sich zu Giselbrechts Haus in Marsch. An dem von Giselbrecht verabredeten Treffpunkt richtet sich eine Einheit der Sondertruppe *Viper* ein: schwer bewaffnete, durchtrainierte, weder Himmel noch Hölle fürchtende Gesellen. Eine Gruppe davon beordert Ibele zu sich und fährt mit Baldreich unverzüglich nach Bersbuch. Auf dem Parkplatz vor der Kleiderbügelfabrik wird dort eine große Straßensperre aufgebaut;

jedes Richtung Bregenz fahrende Auto wird akribisch kontrolliert. Der Irre, wie Ibele ihn nennt, könnte mittlerweile auf ein anderes Fahrzeug umgestiegen sein oder mit roher Gewalt einen Fahrer gekidnappt haben. Man kennt diese Tricks, leider nicht nur aus Filmen. Auf die verspäteten Viehtriebe von diversen Alpen, die sich auch noch auf den Straßen tummeln, kann jetzt keine Rücksicht genommen werden. Wütende Proteste erheben sich alsbald von Seiten der angehaltenen Automobilisten, in deren hochheiliges Recht auf ungehinderte Fahrt hier doppelt eingegriffen wird. Einmal in Form des semitouristischen, quasi natur- oder womöglich gottgewollten Aufmarsches geschmückter Kuh- und Schafherden, und dann noch behördlicherseits, was das Fass des Unmuts da und dort zum Überlaufen bringt. Die Telefone laufen heiß. Ibele lässt das kalt. Noch. Auch die gehässigen Drohungen und die Beschwerden über diese Schikane am helllichten Tag nimmt er gelassen hin. Sollen sie. Trotzdem wird jeder Kofferraum kontrolliert, jeder Anhänger, jeder Ausweis. Die Ernte an fälligen Anzeigen ist überreich: Keine Sicherheitsgurte angelegt, mangelnde Fahrzeugausrüstung, ungültige Kennzeichen, einige Alkoholisierungen. Es ist kurz vor neun Uhr vormittags.

Seine Bauernschläue ist ihm offenbar geblieben, dem Trachtenmann: Um halb zehn meldet ein Linienbuschauffeur, dass der rote VW auf einem Parkplatz an der Bregenzerach steht, zwischen Bezau und Mellau, vom Fahrer keine Spur. Von dort, wo das Auto sich befindet, kann er nur zu Fuß oder als Autostopper weitergekommen sein. Ibele lässt sich eine Karte geben. Wenn sich Giselbrecht jetzt in den Wald schlägt und die Direttissima wählt, ist er schwer zu fassen und in einer guten Stunde am verabredeten Ort. Die *Viper*-Männer werden informiert, ein Kommandotrupp zum abgestellten Wagen geschickt, um sich von dort aus auf Giselbrechts Spur zu begeben. Ein Anruf im *Hirschen*. Ja, Frau Olafson ist zum Figaro gefahren. Dort ist sie zwar in Sicherheit, zumindest vor ihrem potenziellen Mörder, aber wer weiß, was dem Kerl in seiner Lage noch alles einfällt. Er steht jetzt mit dem Rücken zur Wand.

Als der Kommandant der Verkehrspolizei mit seinem Mobiltelefon an Ibele herantritt, weiß der noch nichts von seinem Glück.

„Der General ...", annonciert der Uniformierte mit unschuldiger Miene. Oder doch mit einem Grinsen?

„Ibele, Herr General wünschen?" Weil er nicht wüsste, was der jetzt wollen oder nützen könnte, verbirgt der Inspektor seine Skepsis nicht. Statt des vertrauten Tons des Chefs vernimmt er jedoch einen gänzlich anderen, einen nicht unbekannten, einen, den er hier noch weniger brauchen kann. Es ist die Stimme des obersten Sicherheitsbeauftragten im Land, zugleich zuständig für Agrarangelegenheiten. Was will der? Klimaschutz einfordern oder land- und forstwirtschaftliche Belange erörtern, energiesparende Maßnahmen beraten vielleicht? Nichts von alledem:

„So, Inspektor, hör mir zu: Die Kontrolle da drin könnt ihr sofort abblasen. Was bist denn du für einer? Was fällt dir eigentlich ein? Solang das Vieh auf dem Weg ist, brauchen wir nicht noch eure Blockaden dazu. Sofort abblasen, hast du mich verstanden?" Nicht nur die Spucke bleibt Ibele weg. Weder ist er mit dem Mann per du, der ihm zwei-, dreimal auf Empfängen über den Weg gelaufen ist, noch veranstaltet er eine Blockade! Ungern glaubt er, was er soeben gehört hat.

„Sie meinen, wir sollen den Mörder einfach so laufen lassen?"

„Macht, was ihr wollt! Nur müsst ihr ihn nicht unbedingt dort suchen, wo der meiste Verkehr ist, oder?"

„Wo sollen wir denn Ihrer Ansicht nach suchen? Vielleicht im Bodensee? Weil da keine Autos unterwegs sind? Herr Forstrat, ich sage Ihnen eines: Wir hören hier nicht auf, bis wir den Mann haben. Basta!" Der falsche Titel unterstreicht Ibeles Entschlossenheit, sein Ding durchzuziehen. Das Gerät, aus dem unartikuliertes Geschrei ertönt, gibt er kommentarlos dem Kollegen zurück. Der hat sich kaum umgedreht, da brüllt Ibele seine Wut mit einem Urschrei aus dem Leib. Die Felswand hinter der Fabrik sorgt für ein bergfilmreifes Echo. Die betretenen Gesichter ringsum ignoriert er. „Geht schon wieder", beruhigt er Baldreich, tippt sich ausgiebig an die Stirn und holt seine Dienstwaffe aus dem Wagen. „Himmelherrgottzack!" Das musste noch sein.

XXIX.

Irgendein gutmütiger Esel, der keine Ahnung hat, was gerade läuft, und dich mitnimmt, findet sich immer. Schon oft ist Dagobert auf diese Weise durchs Tal gereist, viel lieber als mit dem Bus, es ist billiger, schneller und meist kurzweiliger. Manchmal haben ihn auch junge Frauen mitgenommen, die haben wenig Bedenken, und einmal, vor Jahren, hat ihn eine sogar ... Warum er den Polo stehen lässt, ist ihm selbst nicht ganz klar. Eng ist er ihm vorgekommen, und wer weiß, vielleicht hat die dumme Göre ihm die Polizei nachgeschickt. Draußen in Bersbuch will er lieber ohne Auto sein. Klüger wäre es vielleicht, von hier aus zu Fuß zu gehen, weit ist es nicht mehr, durch den Wald hinüber nach Reuthe und dann der alten Bahnlinie entlang, da fällst du nicht auf. In dem Moment knirscht es neben ihm, dass der grobe Schotter spritzt, und ein offener Sportwagen kommt inmitten einer Staubwolke zum Stehen. Wohin er müsse und ob er mitfahren wolle, fragt ihn ein Schnösel in herablassendem Ton.

„Gern fahr ich mit, aber wohin, das geht dich nichts an!“ Tommy, wie sich der Chauffeur vorstellt, übergeht diese Bemerkung arrogant. Als er jedoch kurz darauf in Bezau ankündigt, jetzt nach rechts abzubiegen, fährt ihm Dagobert wild an den Kragen.

„Nichts da abbiegen! Du fährst geradeaus, sonst brech ich dir auf der Stelle das Genick, du Schlappschwanz! In Bersbuch kannst du dann umdrehen, wenn du willst.“ Der so Bedrohte ist tatsächlich keiner, der sich durch viel Mut auszeichnet. Brav fährt er auf der Bundesstraße weiter, deutlich langsamer als gewöhnlich. Aus dem Augenwinkel nimmt er wahr, wie sich der Fahrgast in seinem auf den Knien abgestellten Rucksack, dem ein infernalischer Gestank entsteigt, zu schaffen macht. Schließlich zieht er ein Stück Käse und ein großes Finnenmesser heraus. Das Messer hält er in der Rechten, die lange Klinge blitzt ab und zu in der Sonne. Vom Käse beißt er ab, als wäre es ein Apfel. Manuel graust's. Mehrere entgegenkommende Autofahrer geben Blinkzeichen, einer fordert mit der aus dem Fenster gestreckten Hand zum Langsamfahren auf. Stehenbleiben und davonlaufen wäre Manuel, der eine Neigung zum Heldentum nur in amouröser Hinsicht kennt, noch lieber. Davon will sein Passagier nichts wissen. Hinter der langgezogenen, leicht ansteigenden Rechtskurve entlang der Mülldeponie kommt der Grund der Signale in Sicht. Noch nie ist Manuel hier so langsam gefahren, kaum mehr einen Fünfziger zeigt der Tacho, der an dieser Stelle normalerweise weit jenseits der neunzig steht. Kreisende Blaulichter der Polizeifahrzeuge und eine Kolonne von gut dreißig, vierzig Autos mit eingeschalteten Warnblinkanlagen und roten Schlusslichtern zwingen ihn, das Tempo weiter zu reduzieren. Jetzt ist es an Giselbrecht, nervös zu werden.

„Was ist denn das für ein Scheißdreck da vorne?", fragt er ungehalten.

„Eine Kontrolle, glaube ich, die Bullen", meldet Manuel schüchtern.

„Bleib sofort stehen, du Flaschenkopf!", befiehlt Giselbrecht und wirft den angebissenen Käsebrocken ins Gelände. Das Messer in der einen, den Rucksack in der anderen Hand springt er aus dem Auto, sobald es an der Einfahrt zur Mülldeponie anhält, rennt durch eine Lücke im Gegenverkehr Hals über Kopf über die Straße und querfeldein eine abgemähte Wiese hinunter, der Bregenzerach zu. In Manuel siegen der Schrecken und die Neugier über den Impuls, an Ort und

Stelle umzudrehen. Er will sehen, was da vorne los ist. Dass er dann mit dem Bericht über seinen entlaufenen Fahrgast einen derartigen Schwall an hektischer Aktivität, Kommandos, Telefonaten, Funksprüchen und Gerenne auslösen würde, damit hätte er nicht gerechnet.

Zwei, drei Minuten, mehr braucht Giselbrecht nicht bis zum Fluss. An der erstbesten Stelle durchwatet er das kalte Gewässer, dann ist er im Wald. Heftig keuchend wirft er sich auf den trockenen Boden. Nach einer Weile schaut er auf die Uhr, es ist zehn. Los jetzt. Wenn er wüsste, dass sein Opfer zur selben Minute auf dem Friseurstuhl Platz nimmt, statt mit einer Tasche voller Geld auf ihn zu warten, könnte er sich einiges ersparen. So arbeitet er sich durch Brombeerranken und allerhand Gebüsch tiefer in den Wald hinein und biegt, wo der steile Anstieg beginnt, nach rechts ab, einem schmalen Pfad folgend, direkt dem *Loch,* der alten Brücke zu. Langsam kommt er vorwärts, auch weil er das Vertrauen verloren hat in seinen Plan, in sich selbst. Das Messer hält er fest in der Rechten, rammt es von Zeit zu Zeit zornig in einen Baumstamm. Nach wenigen hundert Metern tut sich vor ihm von links nach rechts eine langgezogene Lichtung auf. Da muss er drüber, dann sind es noch zweihundert Meter bis ans Ziel. Warum nur das Herz wie wild pocht? Vom Laufen kann es nicht kommen, das ist er gewohnt. Giselbrecht liegt am Waldrand im Gras und mustert die gegenüberliegende Seite. Es ist alles ruhig. Nur das gleichmäßige Rauschen der Ache hört er, und in einiger Entfernung rattert ein Traktor. Weiter geht's! Er kriecht ein Stück weit nach links, die Lichtung immer im Blick.

Hinter den Bäumen auf der anderen Seite wird das graue Blechdach einer Hütte sichtbar. Dort will er den Rucksack ablegen und nachher wieder holen, oder sich verstecken. Für die Alte weiß er schon einen Platz.

Dann setzt Dagobert Giselbrecht in wenigen kräftigen Sprüngen über die Lichtung. Erschöpft lässt er sich unter den ersten Baum sinken. Als er den Kopf wieder heben will, um sich umzusehen, hält ihn etwas mit unbezwinglicher Gewalt am Boden fest. Zugleich werden ihm die Hände auf den Rücken gepresst und etwas Kaltes schließt sich um die Gelenke. Zu hören ist rein gar nichts. Dann reißt jemand seinen Kopf in die Höhe und stülpt, einer zu großen Kapuze gleich, einen Sack darüber. Es ist stockdunkel. Nur ein paar trockene Äste knacken unter schweren Stiefeln. Giselbrecht meint zu schweben, wird aber im Laufschritt von vier kräftigen Händen an Armen und Beinen über Stock und Stein in Richtung der nahen Straße davongetragen. So einfach haben sich die *Viper*-Männer die Sache nicht vorgestellt, vielleicht nicht einmal gewünscht. Giselbrechts rabiates „He, sofort loslassen, ihr Idioten“ scheint nirgendwo anzukommen. Was man von ihm will, ist Dagobert ein Rätsel, und die Welt versteht er sowieso nicht. Hat sich die Schwedin Verstärkung geholt? Sind die Toten von der Roten Egg auferstanden? Seine halbherzigen Zappler fruchten nicht. Schließlich dringen Stimmen an sein Ohr, sein Name wird genannt, jemand öffnet kurz seine verkrampften Fäuste, ein harter Griff ertastet die Stümpfe seiner fehlenden Finger an der rechten Hand. Dann wird er auf einer harten Liege festgezurrt. Autotüren schlagen zu. Es wird wieder still. Alles ist mit einem Mal sehr weit weg.

Wenig später fahren auch in Bersbuch die Autos ungehindert an der Fabrik vorbei, lediglich von einem großen Treck lethargisch trottender Kühe um ein Weniges aufgehalten. Zwar möchte der unechte Forstrat in seinem Bregenzer Regierungsbüro gerne an die Allmacht seines Eingriffs glauben, doch diese Freude vermasselt ihm Ibele durch einen geharnischten Protest an oberster Stelle gründlich und noch mehr mit einem subtilen Bericht an die Presse. Jetzt, nachdem der Delinquent verladen ist, folgt er an Baldreichs Seite dem unauffälligen Wagen, mit dem die *Viper*-Leute Giselbrecht nach Bregenz bringen. In Egg dreht er eine dreiviertel Runde um den Kreisverkehr und parkt vor dem KDW. Er bittet Baldreich, zehn Minuten zu warten. Im provinziell-pompösen Kaufhaus sucht er den Frisiersalon auf. Frau Olafson liegt in einem riesigen Sessel; ein rosarotes, um die Schultern gelegtes Handtuch kontrastiert katastrophal mit ihrem schwarzen Kleid. Der Kopf steckt in einer Hightech-Haube bedrohlichen Umfangs. Im Halbdämmer blättert Selma in einem Klatschblättchen. Über die Schulter der Liegenden erhascht Ibele einen Blick auf eine Großaufnahme des Königs Carl Gustaf und seiner unglücklichen Gattin samt Enkeltochter. In einer Reihe kleinformatiger Bildchen mit Porträts meint der Inspektor Violetta Lundgren zu erkennen. Als sie Ibele im Spiegel vor sich wahrnimmt, klappt Frau Olafson die Zeitschrift schnell zu und reicht sie dem jungen Mädchen, das sich soeben an ihrer Haube zu schaffen macht. Unerträgliches quillt aus einem Lautsprecher, wahrscheinlich soll es Musik sein. Niemand außer Ibele scheint es zu hören; nicht die Kundinnen unter den Hauben oder mit den an die Köpfe gepappten Alufolien, erst recht nicht die schnatternden Friseurinnen. Oder haben sie schon zu viel davon intus? Sind sie, von denen die älteste höchstens knapp den Lehrjahren entwachsen ist, bereits irreversibel infiltriert, heillos infiziert von akustischem Müll und ideologischer Dauerkanonade? Ihre an jeder Ecke oder Rundung der entweder ausgemergelten oder schwer adipösen Gestalten sichtbaren Tattoos lassen Schlimmes befürchten.

„Frau Olafson, hören Sie mich?" Man kann ja nicht wissen.

„Ja, Constable, was gibt es denn?"

„Wir haben den Mann, der Sie umbringen wollte und der vielleicht der Mörder Ihres Gatten ist."

„Bravo, Inspektor!" Zu mehr als einem glanzlosen Lächeln reicht die Anteilnahme der Geretteten nicht.

„Dafür brauche ich Sie heute um drei Uhr nachmittags im Bregenzer Kommando. Geht sich das aus?"

Mit einem zerstreuten „Jaja, warum nicht?" wendet sich die Witwe wieder ihrem Spiegelbild zu. Ein Ausdruck der Zufriedenheit macht sich darauf breit. Unangenehm breit, findet Ibele und entfernt sich wortlos.

Wenig Überraschendes, dafür umso Unerfreulicheres kommt im weiteren Verlauf des Tages ans Licht. Doch, eines: Dr. Rosenzweig befindet sich in Untersuchungshaft. *Flucht- und Verdunkelungsgefahr* lautet das fürs Erste nicht zu entkräftende Verdikt des Untersuchungsrichters, das den Chirurgen gegen den heftigen Protest seines Anwalts vorderhand die Freiheit kostet. Wenn das kein gefundenes Fressen für die kochende Volksseele ist! Was sich in den kommenden Tagen an Schadenfreude, Pharisäertum und Schlaumeierei in den Leserbriefspalten des *Vorarlbergboten* tummeln wird, möchte Ibele lieber nicht wissen, lesen erst recht nicht. Frau Olafson genügt ein Blick auf Giselbrecht, um ihn als den Mann von der Angelikahöhe zu identifizieren. Klara erkennt in ihm zwar nicht mehr als eine Art Kumpel und einen Lieferanten ihres Bruders, aber sein Name ist ihr aus den nachlässig geführten Geschäftsbüchern und aus dem Schreiben des Bezauer Anwalts geläufig. Frau Annelies vom Schwarzenberger *Hirschen* könnte – bei allem, was ihr heilig ist – schwören, Giselbrechts Stimme heute Morgen am Telefon gehört zu haben. Ergänzt um die ersten Aussagen des Mannes ergibt sich so zum einen ein halbwegs schlüssiges Bild der Geschehnisse und zum anderen eine erdrückende Beweislage. So erdrückend, dass Ibele früher als gewöhnlich seinen Schreibtisch in Ordnung bringt, einen dünnen Stapel pastellfarbener Mappen an Baldreich übergibt und sich bei Antoinette Hagen für heute abmeldet.

Auf dem Spaziergang nach Hause holt er in Herrn Magister Brauns schönem Medikamentenladen die auf Vordermann gebrachte Hausapotheke ab. Irgendwann wird der nächste Winter ja doch kommen. Die freundliche Einladung zum morgigen Gratis-Venentest lehnt er dankend ab. Ibele gehört zu denen, die gar nicht wissen, dass sie so etwas wie Venen haben. Hauptsache, die Maschine läuft. Dennoch gelingt es dem kundigen Pharmazeuten in seinem blütenweißen Mäntelchen im Handumdrehen, Ibeles Gewissen zu mobilisieren. Wozu würden denn all die Schächtelchen und Fläschchen, Tübchen und Tiegelchen hier stehen, wenn sie nicht für etwas gut wären! Alles ist so sauber, blitzblank und mit einem zielsicheren Griff aus einer der zahllosen Schubladen zu holen! Außerdem: Seit 350 Jahren an Ort und Stelle! Ibele verspürt ein tiefes

Gefühl des Vertrauens und der Geborgenheit, als er den hellen, weitläufigen Verkaufsraum verlässt. Ein Blick nach nebenan, auf die mit einem riesigen Gemälde geschmückte Fassade der Weinstube Kinz, verstärkt Ibeles Wohlgefühl. Es war höchste Zeit, den Dornröschenschlaf dieses Juwels zu beenden. Was das Rösle im Verlauf des Abends zu hören bekommt, ist beruhigend. Die Koffer können gepackt werden!

Donnerstag, 12. September 2013

XXX.

Das wäre der Moment, den Streik gegen den Tag auszurufen ... Bloß weil die Sonne schon scheint, wenn du wach wirst, musst du nicht gleich in die vita activa losrennen.

Peter Sloterdijk

An Tagen wie dem heutigen hilft Ibele nicht einmal seine Routine. Er weiß das Private vom Beruflichen in fast allen Lebenslagen sauber zu trennen, das hat er gut im Griff. Dem allzu Menschlichen erlaubt er also keine nachhaltig wirksamen Übergriffe in das Grundsätzliche seines Daseins. Dennoch spürt er dann und wann, dass um ihn herum Dinge im Gange sind, denen er nichts entgegenzusetzen hat, bei denen jeder Widerstand sinnlos und jede Anbiederung vergebens ist. Das heutige silberne Hochzeitsjubiläum durchdringt im Augenblick des Erwachens wie Röntgenstrahlen Isidors Bewusstsein, verbleibt dort aber in einem sorgfältig abgetrennten und gehegten Bezirk. Mit dem, was den Inspektor im Kommando erwartet, hat das nichts zu tun und soll es auch nichts zu tun haben, wie ihrerseits die anstehende Arbeit fraglos absolviert werden muss, ohne vom Privaten her bedrängt zu werden. So etwas kann man lernen und üben. Dabei kommt es vor allem auf die richtigen Lehrmeister an.

Der Morgen im Kommando hat es in sich. Von Giselbrecht liegt ein erstes Geständnis vor. Die Morde an Lundgren und Olafson gehen auf sein Konto. Ebenso scheint die Sache mit Bilgeris Porsche geklärt. Aus welcher Laune und Motivation heraus Giselbrecht ihn manipuliert hat, bleibt zwar noch offen, was er erzählt, deckt sich jedoch auffällig genau mit den Ergebnissen der technischen Untersuchung. Wie der Unimog-Spezialist das mit der Lenkung hingekriegt hat, spielt für Ibele keine Rolle. Der gefallene Goliath ist noch in der Nacht in die Untersuchungshaft nach Feldkirch überstellt worden. Im Umstand, dass er dort mit Dr. Rosenzweig und bald auch mit den Sportler-Buben ein gemeinsames Quartier bezieht, sieht Ibele nicht viel mehr als einen Zufall. *Was* er getan hat, vermag der arme Tropf recht genau zu schildern; so genau, wie es Ibele selbst über weite Strecken gar nicht wissen will, denn anfangen lässt sich mit Giselbrechts Aussagen aus einer anderen als der streng polizeilichen Perspektive wenig. Sie sind mehr etwas für den Staatsanwalt oder den Untersuchungsrichter, für faktenfixierte Materialisten. Über das *Warum* seines Tuns wiederum hüllt sich der Täter in verstocktes Schweigen. Verstockt, oder noch mehr: verloren. Verloren in seinem einerseits so einfach gestrickten und andererseits so komplex verschachtelten und gründlich vermurksten Innenleben. Diesen Fährten wird in Bälde der unvermeidliche psychiatrische Gutachter folgen, befürchtet Ibele mit gutem Grund. Wird der berühmte Professor aber viel mehr herauslesen können als das, was er selbst hineinlegt? Ist nicht auch er, wenn er liest, in erster Linie ein Leser seiner selbst? Wird er mit seinen Testergebnissen und sich objektiv gebärdenden Kriterien wirklich Giselbrechts Seele gerecht werden, und sei es nur der sterblichen? Ob der Herr Primarius das Objekt seiner Studien adäquat zu zerlegen, pardon, zu analysieren und vor allem wieder zusammenzusetzen vermag, oder gar selbst in die neuerdings allerorten diagnostizierte Narzissmus-Falle tappt?

Der General bestellt Ibele per Telefon zur Pressekonferenz um elf Uhr in die Kantine. Genau so macht man sich beliebt bei den Mitarbeitern; indem der einzige Ort innerhalb der Dienststelle, eben die *Osteria*, an dem für die Beamten und Bediensteten in halbwegs entspannter Atmosphäre ein kollegialer Austausch möglich wäre, mit externen Besuchern und Presseleuten gefüllt wird. Besonders letztere mit ihrem vorlauten und einseitig auf quotenfördernde Effekte erpichten Auftreten gehören hier nicht unbedingt zu jedermanns Freunden. Dadurch erhält die ursprüngliche Bedeutung des Wortes Kantine, nämlich die des *Flaschenkellers*, eine neue Bedeutung, wie Baldreich jüngst keck gewitzelt hat. Ibele, der die Anweisungen des Vorgesetzten dienstfertig mit lauter Stimme und einem so schnoddrig wie zackig angehängten „Jawohl, mon Général" wiederholt, registriert erfreut Antoinette Hagens augenzwinkernd kommunizierte Solidarität. Es gäbe doch für Pressekonferenzen einen eigenen Raum! Nur erlaubt dessen nüchterne Möblierung dem Chef die von ihm gewünschte Form der Inszenierung nicht.

Schon tanzt der Herr Regisseur persönlich an, feiertäglich adjustiert und mit ordensgeschmückter Brust. Er legt die jüngsten Informationen vor. Die sind spannend. So hat der internationale Haftbefehl für die beiden Sportmännlein, weil die besten Geschichten immer noch das Leben selbst schreibt, in allerbester Regie am selben Ort und zur selben Stunde zum Klicken der Handschellen geführt. Noch dazu an einem Ort, der symbolträchtiger kaum sein könnte: am *International Airport* von Casablanca! Es darf allerdings bezweifelt werden, dass diese Begegnung den Beginn einer wunderbaren Freundschaft markiert. Da treffen sie nun aufeinander, der Wüstenwanderer und der Gipfelstürmer! Nicht von ungefähr erscheinen im Windschatten des Generals die mit Betrugs- und Suchtgiftdelikten befassten Kollegen, selbst der feine Pinkel von Vorstand des Referats 3.3 tanzt an, sind doch offensichtlich Doping- und Arzneimittelangelegenheiten größeren Umfangs im bösen Spiel. Zu diesem macht inzwischen niemand mehr gute Miene, nicht einmal der General. Sogar die telefonisch vorgebrachte Anregung des Landeshauptmannes, seine suspendierten Beamten zu schonen, ist ungewöhnlich moderat ausgefallen.

„Wir werden nebenbei ein paar Andeutungen über Geldwäsche machen, das kommt immer gut an bei den Presseleuten", verkündet der General aus purem Populismus und mit in Ibeles Augen unangebrachtem Stolz. Dem Ansinnen, Dr. Rosenzweig aus der Untersuchungshaft vorzuführen, hat der Einspruch des Anwalts samt immensem und alsogleich abgelehntem Kautionsangebot einen Strich durch die Rechnung gemacht, die Rede ist von einer dreiviertel Million Euro bar auf den Tisch. Ibele ist froh drum – das ist hier doch kein Jahrmarkt! Obwohl dann der Ansturm der Pressemenschen das Gegenteil suggeriert. Mit einem verdächtig nach Rhetorik-Seminar klingenden Vokabular und einer betont aggressiven Diktion rückt der General den Erfolg *seiner* Arbeit ins rechte Licht. Nur die Aktion der Kollegen von der *Viper*-Truppe hebt er hervor, wohl wissend, womit bei der Öffentlichkeit zu punkten ist: mit allem, was ausschaut, als ob es aus der Kunstwelt des Kinos käme. Ibele schmunzelt. Ein einziges Mal kommt er in der halbstündigen Veranstaltung zu Wort, denn schon sind die drei Mordfälle und ihr armseliger Urheber zur Nebensache abgesunken. Im Mittelpunkt der voyeuristischen Fragen steht der prominente Chirurg mit seinen Verbindungen zur internationalen Dopingszene, mehr aber noch zur großen Society der Reichen und Schönen, in die er durch das Nadelöhr Fuentes zu gelangen versuchte. Ende der Vorstellung.

Nach einer Dreiviertelstunde zieht die Presse ab, die Osteria leert sich, bis wenige Minuten später die ersten Mittagsgäste die Reinheit der Luft prüfen. Gut, man ist wieder unter sich. Auch Ibele gesellt sich zu den Essern. Woran es liegen mag, dass er sich heute an ein Gericht wagt, gegen das er fast dreißig Jahre hindurch Widerstand geleistet hat? Trippa alla fiorentina: geröstete Kutteln. Er entscheidet sich für die gratinierte Version – und ist auf Anhieb überzeugt. Ein guter Tag!, ist Isidor versucht auszurufen, wohl wissend, dass das Beste noch kommt, zuhause.

Was der Nachmittag zu tun aufgibt, ist rasch erledigt. Mit der Rekonstruktion der Taten ist Baldreich beschäftigt. Die Lokalaugenscheine finden frühestens in einer Woche statt, informiert die Staatsanwaltschaft. Eine gründliche Einvernahme Rosenzweigs und der Sportsmänner eilt nicht. Vorderhand sind die Suchtgift- und Wirtschaftskollegen sowie der Untersuchungsrichter mit ihnen beschäftigt. Nur Rosenzweigs Anwalt versucht auf die haarsträubendste Weise, die Kohlen aus dem lodernden Feuer zu holen. Natürlich verbrennt er sich fürchterlich die Finger bei seinem *Vorarlberg heute*-Auftritt, der, wie es so schön heißt, „aus Termingründen vor der Sendung aufgezeichnet“ und Ibele zugespielt wird. Nicht einmal das so gar nicht verwöhnte

Fernsehpublikum wird den Ausführungen des Anwalts Glauben schenken, der in seiner gespielten Empörung und mit seinem zackigen Mittelscheitel über der hohen Stirn mehr einem wild gewordenen Komantschen denn einem Rechtsgelehrten gleicht. Die Masche, den Täter zum Opfer zu stilisieren, ist so durchsichtig und fragil wie Glas.

Freitag, 13. September 2013

Epilog am Stausee

Was ich zutiefst verabscheue, sind Zuschauer.
Antoine de Saint-Exupéry

Aberglaube ist bekanntlich kein Thema im Hause Ibele. Dafür steht man, was das Weltanschauliche betrifft, auf einem soliden, unverfälscht von der Logik des Herzens dominierten Fundament. Es ist also kein wie auch immer geartetes Problem, nach dem Frühstück und einem letzten Anruf im Kommando an diesem Freitag dem dreizehnten die vorgesehene Fahrt nach Süden anzutreten. Im Kommando nimmt alles seinen vorgesehenen Gang. Giselbrecht geht ebenso seinen Weg wie Dr. Rosenzweig, die beiden Sportsleute und natürlich die Schubertiade. Wohin diese Wege letztlich führen, ist kaum klarer als ihr Herkommen. Rosenzweig muss nicht minder mit peniblen Untersuchungen rechnen als die zwei suspendierten Herren. Da wie dort sind bereits umfangreiche, in ihrem Ausmaß noch nicht abzuschätzende Ermittlungen der Finanzämter und der entsprechenden kriminalpolizeilichen Abteilungen aufgenommen und die schwedischen, spanischen, schweizerischen und liechtensteinischen Kollegen alarmiert worden. Waren Bilgeris Ende im fliegenden Porsche und der meuchlerische Mord an Herrn Olafson die Taten eines von der eigenen Traumatisierung geblendeten Psychopathen, so hat Giselbrecht mit dem sinnlosen Verbrechen an Violetta Lundgren eine Lawine losgetreten, von der er selbst am wenigsten eine Ahnung gehabt haben dürfte. Mit dem Tod der Cellistin ist der dünne Schleier über einem Netz von ungeheuerlichen Machenschaften zerrissen, als deren Motor Ibele, ohne lange spekulieren zu müssen, Gier und Arroganz, schlichte Dummheit und bösen Willen ausmacht.

Nach bald eineinhalb Stunden Fahrt taucht neben der Straße rechter Hand ein langgestreckter See auf. Ibele rollt mit seinem Wagen auf einen schattigen Parkplatz an dessen Ufer. Schon länger, spätestens seit er Landeck passiert hat, drängt es ihn, an- und innezuhalten. Ein ganzes Album voller Bilder überflutet sein Empfinden. Da jetzt der See dazukommt, und vor allem der aus seinem hellgrünen Wasser aufragende Kirchturm, ist es genug. Ein Blick über das Wasser und in Rösles Augen, ein Kuss, aus dem fünfundzwanzig Ehejahre grüßen, dann steigen beide aus dem Auto, strecken sich, atmen tief die kühle, frische Luft ein. Weiße Wolken ballen sich über den dunkelgrünen Tannenwäldern rund um das Gewässer, auf den Berggipfeln in der Ferne liegt erster Schnee. Die bunten Schirme der zahlreichen Kite-Surfer blendet Ibele aus. Verstreut am kiesigen Ufer sitzende Angler sagen ihm eher zu, treffen seine Gemütslage besser. Schon mit den ersten italienischen Sätzen, die an sein Ohr dringen, tut sich ein weiter Raum auf, den auch die nahen Berggipfel nicht zu beengen vermögen. Eher noch geben sie eine Ahnung von der Unverrückbarkeit der Maßstäbe, von der Dimension des Menschlichen im Ganzen.

Die Geschichte dieses Sees, sagt er sich, offenbart nicht nur Bedenkliches, sie hat auch ihr Gutes. Naturgemäß befindet sich weder das eine noch das andere an der Oberfläche. An der Oberfläche siehst du nur die kreisförmigen Wellen, die vom ins Wasser geworfenen Stein ausgehen. Das Bewegung auslösende Objekt, den Stein, siehst du vom Ufer aus nicht. Aber er ist da. Er sinkt und sinkt, das ist noch die harmlosere Angelegenheit. Höchstens ein paar freche Fischlein erschreckt er so. Mit einem satten, von Wasser, Schlamm und Pflanzen gedämpften Aufprall landet er schließlich auf dem Grund. Mag sein, dass er dort eine arme Muschel oder einen schlafenden Krebs erdrückt. Erst wenn droben der Sturm so richtig bläst und den See bis auf den Grund aufwühlt, erst dann rollt er hin und her, purzelt einen kleinen Abhang hinunter oder gräbt sich noch tiefer und endgültiger in den Morast. Bis eines Tages wer weiß welche Umstände den See trockenlegen oder er von einer besonders starken Strömung erfasst und ans Ufer gespült wird, wo sich spielende Kinder, ein fleißiger Sammler oder die Schaufel eines Baggers seiner annehmen. Das sanfte, kreisförmige Gekräusel, für das er einst gesorgt hat, ist dann längst Geschichte.

Ähnlich mag es mit den Geschehnissen der vergangenen Tage sein. Nicht nur sinken sie unweigerlich zurück in eine uneinsehbare Tiefe, sie kommen auch aus einer solchen. Dem werden kein Schwurgericht und keine forensische, psychiatrische oder kriminalistische Analyse gerecht. Beim Versuch, sein Unbehagen in Worte zu fassen, kommt Ibele das viel zitierte Wort von den *irdischen Maßstäben* in den Sinn. Zur Erklärung oder auch nur Beschreibung der Schwarzenberger Mordtaten genügen sie wieder einmal nicht. Nun ist Ibele keiner, der deswegen gleich nach überirdischen Kriterien verlangt. Gott bewahre! Vorerst reicht es ihm, seine Kollegen am Werk zu wissen. Sie sollen ihren Beitrag leisten. Viel mehr haben wir eben nicht in der Hand, um dem Teufel und seinen Helfershelfern – oder auch dem Guten und Wahren – Paroli zu bieten.

„Einsteigen, Rösle, Zug fährt ab!“, kommandiert Isidor launisch.

Wenige Kilometer später rückt rechts ein riesiger weißer Gebäudekomplex in das Gesichtsfeld der schweigsam gewordenen Reisenden. Ein Benediktinerstift, auf das wohlmeinende Ratgeber Ibeles Aufmerksamkeit schon im Vorfeld des Ausflugs gelenkt hatten. In der Tat, das ist imposant! Ob dort, in Kontemplation und Klausur, in abgehobener Höhe und in Distanz zur Welt, vielleicht die Antworten zu finden wären, nach denen der Inspektor sucht? Wenn es auch die ganze Macht und Dynamik von fünfundzwanzig Ehejahren braucht, um den weltflüchtigen Ambitionen gegenzusteuern, sie schaffen es letztlich spielend. Wie sonst? Aber aufgepasst: „Tausende sind noch im Hafen gescheitert!“, ruft der Philosoph. Das Problem, dass die Welt nicht nur immer ernsthafter, also humor- und witzloser wird, wie schon der berühmte Geheimrat in Weimar beklagte, sondern auch flüchtiger, ist nicht mit den Leuten von Interpol zu lösen. Wo wir uns heute um die Gunst des Tages reißen, stand einst der verspielte Umgang mit ganzen Jahren. Woran Giselbrecht wirklich zugrunde gegangen ist? Was seinen Opfern zum Verhängnis geworden ist? Hätten sie sich statt auf ihre nutz- und geldbringenden, ihre Profit und Prestige versprechenden Eigenschaften auf die scheinbar ganz unnütze Qualität verlegt, ein bloßer *Zuschauer* zu sein, sie könnten noch heute auf teuren Instrumenten spielen, schnelle Autos fahren oder schönen Frauen nachstellen. Aber: Um ein wahrer Zuschauer zu sein, bräuchte es einen Gott an Gelassenheit. Mit dem Teufel im Leib geht leider gar nichts.

Zum Glück ist es nur ein leises Hungersignal, das nun Ibeles Leib seinerseits aussendet. Ihm wird mit einem kräuterreichen Aperitif, einem gediegenen Imbiss und dem einen oder anderen Glas Lagreiner im *Grünen Baum* Abhilfe zu schaffen sein. Dem Rest sieht der Inspektor gelassen entgegen, denn die größten Dramen des Lebens entstehen meist beim Versuch, die kleinen Dramen des Alltags zu vermeiden. Logisch! Soweit aber wollen wir es nicht kommen lassen, oder?

Mein Dank für Inspiration und Initiation geht an:
Hotel Gasthof Krone, Hittisau; Gasthof Adler, Schwarzenberg; Hotel Gasthof Hirschen, Schwarzenberg

Herbert Dutzler
Letzte Bootsfahrt
Ein Altaussee-Krimi
Originalausgabe
368 Seiten, € 12.95
HAYMONtaschenbuch 133
ISBN 978-3-85218-933-8

Da kann selbst einem erfahrenen Dorfpolizisten der Appetit vergehen: In pikanter Pose wird die Leiche eines Geschäftsmannes gefunden. Schnell kommen dubiose Details ans Licht. Bestechung, unseriöse Grundstücksdeals – hinter der idyllischen Kulisse des Ausseerlandes geht nicht alles mit rechten Dingen zu.

Der sympathisch-tollpatschige Gasperlmaier verlässt sich in seinem dritten Fall so lange auf sein Bauchgefühl, bis ihm flau im Magen wird: Auch seine Mutter scheint nämlich in den Fall verwickelt zu sein.

„spitzzüngig, urig und amüsant“
Thomas Raab

Edith Kneifl
Der Tod fährt Riesenrad
Ein historischer Wien-Krimi
Originalausgabe
HAYMONtaschenbuch 78
240 Seiten, € 12.95
ISBN 978-3-85218-878-2

Wien um 1900. Die fünfzehnjährige Leonie ist verschwunden. Alle Indizien deuten darauf hin, dass das Mädchen entführt wurde. Kurz darauf geschieht ein zweites Verbrechen: In einer Gondel des Riesenrades wird ein toter Zwerg entdeckt. Der Privatdetektiv Gustav von Karoly wird von der besorgten Mutter Leonies mit den Ermittlungen beauftragt. Unterstützung bekommt er von Artisten und Hellseherinnen, Jockeys und Praterstrizzis. Nur der reiche, tyrannische Großvater Leonies hält nichts von Karolys Bemühungen. Hat er gar etwas mit dem Fall zu tun? – Spannend und mit viel Zeitkolorit erzählt Edith Kneifl einen historischen Kriminalroman, der die Leser bis zur letzten Seite fesselt.

„Edith Kneifl, Österreichs First Lady des Kriminalromans, hat wieder einmal die eigene Lust an Abwechslung unter Beweis gestellt … und füllt historisches Wissen in den Gang des Geschehens.“
www.der-neue-merker.eu, Renate Wagner